张培芳　著

彩色的风
Colorful Wind

江苏大学出版社
JIANGSU UNIVERSITY PRESS
镇 江

图书在版编目(CIP)数据

彩色的风 / 张培芳著. -- 镇江：江苏大学出版社，
2023.12

ISBN 978-7-5684-2062-4

Ⅰ. ①彩… Ⅱ. ①张… Ⅲ. ①散文集—中国—当代
Ⅳ. ①I267

中国国家版本馆 CIP 数据核字(2023)第 251308 号

彩色的风
Caise De Feng

著　　者/张培芳
责任编辑/宋燕敏
出版发行/江苏大学出版社
地　　址/江苏省镇江市京口区学府路 301 号(邮编：212013)
电　　话/0511-84446464(传真)
网　　址/http://press.ujs.edu.cn
排　　版/镇江文苑制版印刷有限责任公司
印　　刷/镇江文苑制版印刷有限责任公司
开　　本/718 mm×1 000 mm　1/16
印　　张/11.5
字　　数/178 千字
版　　次/2023 年 12 月第 1 版
印　　次/2023 年 12 月第 1 次印刷
书　　号/ISBN 978-7-5684-2062-4
定　　价/62.00 元

如有印装质量问题请与本社营销部联系（电话：0511-84440882）

代 序......

　　我的 QQ 网名叫作"彩色的风"。自从 2004 年还是 2005 年有了自己的 QQ 以后，一直叫这个名字。为何取这个名字呢？我也不曾细想，只是当时脑子里浮现了一幅画面——"春风又绿江南岸"，微风过处，千里江南桃红柳绿，姹紫嫣红，花香阵阵，嘤嘤嗡嗡，煞是热闹！于是，给自己取名"彩色的风"。

　　彩色的风，从修辞角度来说，是通感的运用。风本为触觉感知，这里却勾勒出了微风过处色彩斑斓的画面，化触觉为视觉。所以，本不通情理的，居然也合情合理了！再一斟酌，这个本是无意之中取的名字和我的性情居然颇有一些相似！

　　先后有两个人评价过我是"风一样的女子"！

　　第一次听到这样的评价来自一位小学三年级的小美女。一次饭局之后，我和儿子，她和她妈妈，我们分乘两辆电动车。一路上，我领先，却不时回头张望着后面的这对母女，她们紧随身后。我不自觉偶尔加大马力，回头看，小姑娘对我笑着，十分开心，我也是。一个红灯，阻止了我们前进的车轮，那对母女赶上来了。我微笑，她们爆笑。年轻的母亲捂嘴笑道："我女儿说你是风一样的女子！一路上让我们拼命地赶个不停！"

这是我第一次听到这样的评价！

第二次听到这样的评价来自一个多年未见的老同学，网上邂逅以后，玩味我的网名，评价道：记忆中你做事大大咧咧，行动风风火火，就是风一样的女子！

也许，真是这样吧！

我的性格火急火燎。而近些年的教育教学更是一件跟着一件，一事压着一事，有时只感觉是脚不点地，大步流星，甚至走台阶时我都是两级一跨，噔噔地蹿上蹿下，很少有人能见到我在校园里气定神闲地走过。白天忙，晚上有时还得加班加点，甚至通宵不眠，多年如此，总算大差不差地完成了一些事务性的工作。

那些年，我像旋风一样！

其实，我不要做旋风。

"春风风人"，作为一名教师，我更愿像和煦的春风一样吹拂我的学生，于无声中潜移默化，使他们受到教益和帮助。

我甚至还希望自己能做"彩色"的风，运用自己的教育智慧，呈现多种多样、生动活泼的教育形式，让学生看到一个多姿多彩的世界。

也许，教育的本质就应该是"彩色的风"吧！在教育的这条路上，我愿意不断探求和实践！

一

生活篇

中年男人的突围

　　灯微黄，月初上，出来走走，二人信步走到了茶砚新村。这是一个城中村，我曾来过两次。一次是在三年前的某个晚上，我着急赶时间，试探着从这里穿过去，黑灯瞎火，跌跌撞撞，忐忐忑忑，慌里慌张，从小埂上走过时，也不知是否踩坏了地里的蔬菜；还有一次是在去年的某个周日，为迎接周一的领导检查，我开车送先生到这里督查"美丽乡村"的进展情况。穿着雨衣的先生一上午都在与村民一起搬花盆、整理草坪、清除池塘垃圾。

　　今天，随着先生的指引，我们边走边聊，闲庭信步，悠然自得。显然，先生的热情很高，他很热爱这一片他曾经不时来"战斗"的村庄。如今，这里已经草地平整，花木葱茏，池水干净，路灯明亮，远处还有一对老夫妻坐在休闲座椅上，一旁放着木拐。人在风景中，构成了一幅宁静而温馨的画面。

　　我也择一处小憩，不时眺望周围，努力辨认着当年自己摸黑匆忙走过的路径。先生则绕池塘走了一圈，缓步走到临水台阶边，捡起一个饮料瓶，嘟哝着：这么好的环境，还是有人乱扔垃圾！唉——

　　周围依然很静。我们起身离开，路过那对老夫妻时，清癯的老者突然出声，语言清晰而响亮：感谢你为我们所做的一切，这么好的环境都是你的功劳啊！

　　——哪里，哪里，都是大家共同努力的结果！先生匆忙应对着，神情居然有些慌张。呵呵——

　　一旁的老妇人仿佛受到了鼓励，也抬头用乡音向先生问询：你家就住在附近啊？

　　——嗯嗯。不远。先生答完，竟匆忙拉着我的手步履踉跄地离开了。

　　跑不多远，我停下脚步，仰起头，用小迷妹般的眼神打量着他，昏黄的灯光下我看不清他的脸色是否"红扑扑"的；继续用小迷妹的语气赞叹：想不到啊！离开一个单位这么久了，你为大家所做的一切居然被大家记挂着！想不到啊！教科书里的情节居然在眼前真切地发生了……

——小心被人家听到！话没说完，我又被他拉着跑了，去拍照。哈哈，这是个还会害羞的中年"老"男人！

其实，一个一心一意"为人民谋幸福，为人民服务"的同志，他所做的一切，领导也许未必能看到，也许多年位置"一动不动"，遇到了所谓事业发展的瓶颈期，但是群众的一句肯定和赞美，爱人的一句理解与包容，都将促使他继续奔跑和发力，促使他更新观念、奋力突围。毕竟，用实干指数换来人民群众的幸福指数，值得！

2021 年 5 月 14 日

散步的那些日子

大概是从前年夏天起吧，我开始了散步的日子。

暑假一开始，我只是在实验学校的操场走圈。住在学校附近的三五个好友相约而来，在操场上边走边聊。聊体检项目，聊饮食锻炼，偶尔也会聊聊家长里短、孩子的教育，不知不觉走个十圈八圈的不成问题。如果人全了，时间又还早，也许会找个地儿，喝上一盏茶，掼上几局"蛋"，再四下散去，各回各家。打牌时，经常是笑话百出。诸如打着打着常常会忘记了打几，于是组长提议用笔记下来，就跟小时候打升级一样！再如，打到第二局或第三局时，我要贡牌给对家。我瞅瞅左右，大胆地贡了一张大王，然后打着打着，我的第二张大王又出来了！左右居然没发现！那一局我们赢了，那一局之后我们逆转了！散场时，我实在忍不住与他们分享了我的"手段"，笑骂声四起。这之后，每一次开场之前总有人提醒或警告：不准作弊！哈哈！

回去以后，我通常还是意犹未尽，回味开心的一幕幕，哑然失笑，并与先生分享。其实我们都是一群简单而又易满足的人！

　　愉快的暑假很快就过去了！重新回到9月，忙碌的开学工作使得我们很少有精力能再集中起来一起散步。

　　天气渐凉渐冷，寒假时，学校的操场也要保养，对外关闭了，我们也不能再约了。

　　去年暑假，儿子面临着即将到来的体育中考，可是他的体能还跟不上，令人着急。怎么办呢？金山湖水面宽阔，沿岸路面平整，树林荫翳，荷香阵阵，不远处塔影倒映水中；到了夜晚，灯光带扑朔迷离；重要的是绕湖一周大约有4公里，足够锻炼儿子的耐力了。来这里散步很好，先生很重视这个决定，每晚尽量和家人一起出来散步。由于金山湖离家还有2公里的距离，我们把家里的自行车、电动车都骑上，实在不行就骑公共自行车，一家人"浩浩荡荡"来到金山湖，停车步行，绕湖一圈。在湖边漫步时，儿子和侄子或唱或跳，追逐打闹，开心至极。有时我也会让他们思考"人到底会不会进化出轮子"之类的话题，边走边讨论，思路竟也开阔不少！最难得的是，一个风雨后的晚上，湖面风浪阵阵，我居然听见一向不善言辞的儿子讲起了故事，指着湖水讲水怪和老妖，绘声绘色，侄子在一旁被吓得战战兢兢！

　　湖边散步一圈，就着白娘子爱情广场上的灯光，分组打羽毛球，单打或双打，不亦乐乎！

　　人影渐疏，我们也开始回了。先生紧跟着两个孩子骑行，一路上告诉他们如何遵守交通规则。譬如红灯直行停车时，不可贪图方便靠左或靠右，以免影响了左右通行的人。这样一段时间下来，孩子们基本能做到文明出行了。

　　回到家中，我又试着让两个孩子在纸上画出近几天所走的路线，然后对照地图，看看有哪些偏差。孩子们错得离谱，哈哈大笑起来。接下来几天的出行，他们开始学着看路标了！孩子们大了，应该学会认识自己所处的城市和周遭的环境，否则热爱家乡就成了一句空话。

　　就这样，孩子们成长着，儿子顺利地通过体育中考。到今年暑假时，他也能骑着车子和同学聚会在城市的某个角落了！

除了那些和朋友、家人集体出行的日子，先生会尽可能地陪我散步，即使是天寒地冻的冬天。每次出发前，先生总是提醒我竖好衣领或戴好围巾；走到小区外围的路上，先生会主动替我暖手；寂寥无人的时候，偶尔还会背我一阵子；兴致来的时候，我也会背先生一小段。我常想，万一先生有个什么突发事件，我能不能背得动他啊！呵呵，这也算作紧急情况演练吧！

其实，除了这些温暖的小行为，我更喜欢这段时间内我们彼此的交流。避开大家庭的繁杂和喧闹，我们谈工作中的问题和困惑，谈生活中的得与失，也会交流孩子的教育问题，聊对同一篇文章的认识和看法，甚至回到过去、假想将来，精神上的相互理解、共生共长也许就是这样的吧！

两年多来，散步也为我带来了私人空间。我不怕孤独，我也不孤独。在每一个孩子要写作业、先生要应酬、朋友也联系不上的日子，我享受着每一次属于我自己的踽踽独行。

夕阳西下，在跑马山的小道上，我形单影只却雀跃不已。我哼着新近喜欢上的歌曲，观察着不同角度山景凉亭的光影变化，闭上眼听各种啾啾虫鸣声，甚至没有微风也能嗅到各种花香和青草香混合着的气息——袭人，我首先想到的是这个词儿。站在高处的某一点，我还可以远眺大桥，鸟瞰城市，还有华灯初上时山影和城市相映的那份朦胧和美丽。任时光淹没在人间烟火处的这几个小山头中，我在缱绻旖旎中流连忘返。

或者在某个欲云欲雨的傍晚，走在小区外围的路上，观察路人匆匆的身影，揣摩他们的职业和身份，猜想他们去哪里、干什么，竟也十分有趣。一路上还可以欣赏广场上大妈大姐们或笨拙或曼妙的身姿，有时候我也会情不自禁跟着舞两下！继续前行，我会琢磨贴在学校围墙上的那些宣传画，有些还是很有艺术气息的呢。然后我会发现一些夜市排档，看看琳琅满目的各式小商品，还有闲逛夜市的小情侣们！偶尔我也会走进一两家商店，看看新上市的衣服，买点孩子的早点什么的。行走在世俗的世界里，蛮好！

我是丰盈的，即使在独自散步的日子里，我也从未觉得自己孤单！

2015 年 7 月 20 日

讲故事

放假已经有一段时间了，一直忙于课题结题，不得闲。恼人的工作今日终于可以告一段落，身心也彻底放松了下来。

此刻，夜深人静，我想讲故事。室内空调发出呼呼的工作声响，也完全不能影响到我。

第一个故事

昏黄的台灯下，年轻的妈妈手捧《安徒生童话选》，或者《一千零一夜》……用轻柔的声音给宝宝讲故事，哄他入眠……再给宝宝盖上被子，摁灭了灯，轻手轻脚地掩门离开……这样的画面应该是一个温馨的家庭常见的画面，也是一个母亲应该有的样子。

其实，作为妈妈，我不太合格。一个学中文、教语文的妈妈，孩子的语言表达能力、作文能力、想象能力应该特别强吧！何况还有一个"同款"的爸爸。年轻时的我本以为有强大的基因可以遗传，却没有想到语文的修养主要是靠后天的培养和环境的熏陶。年轻的父母忙着教别人的孩子，忙着工作，忙着加班，却没有有计划、有目的地陪伴孩子读书、给孩子讲故事。不加班的晚上，不那么累的时候，其实我也会给儿子和小侄子讲故事，催他们入眠。不过，画面是这样的：

一个夏天的夜晚，伸手不见五指！（关灯！营造意境！）一群年轻人下晚自习回家，一路上说说笑笑，说着说着，一个同学回家了；走着走着，另一个同学回家了！这样，到最后，只剩下一个小姑娘，她要沿着河堤、经过一个坝头才能到家。可是风也不是多大，为什么坝头会起浪？

呼啦——一阵湿漉漉的水声！啊，原来是传说中的水猴子坐在了坝头上！我的妈呀！小姑娘拼命地跑啊跑啊，跑丢了鞋……

水猴子，麻胡子，年轻的学生——是我故事的主角。夏夜纳凉，吃大京果，梦游，河边逃跑——是我讲故事的主要事件。这样每次搭配起来，加上细节的不同，尤其是年轻时候的我放学去同学家，连夜回学校看到的种种现象，以及产生的种种幻觉，包括在河堤上骑车，风刮着湿透的衣服，路边的蛤蟆叫声，偶尔游过的小水蛇……这些细节全部加在故事里，会产生好多好多的新故事。不过，讲故事的结果都是一样的，孩子们瞪大了眼睛，不断地追问："然后呢？然后呢？"一个吵着要关灯，一个吵着要灭灯；反正，越来越兴奋，就是不睡觉！

然后呢，我就会伸出一只手，竖起大拇指和小拇指，比"六"手势，做接电话状；另一只手的食指放唇边：

"嘘，别吱声，电话响了。"

"喂，你好！哪一位啊？麻胡子先生啊，你好你好！找我有事吗？啊，不是找我的啊，找哪一个？床里面一个，还是外面一个？"

（我眼睛一瞟，扫视半圈。）

"那个穿着黄马甲、光着小屁股、横着睡觉的小男孩啊！他咋了，瞪着眼睛不睡觉啊！"

（我继续张望，盯着那个不睡觉的孩子。）

"没有啊，麻先生，你一定是弄错了！弄错了！我们家两个孩子都睡了，睡着了，还打呼噜呢。你听——"

果然，孩子们呼呼大睡了。

此招屡试不爽！

可是，没过多久，也许是半年或者一年以后吧，晚上该睡觉的时候，我只要一比手势，狡猾的儿子就捏着嗓子说："喂？你好！是麻胡子先生吗？"然后，侄子就忍俊不禁、狂笑不止了！

再然后，白天的时候，儿子也阴阳怪气地说："你好！麻胡子先生吗？我家有个妈妈，她不讨喜，凶我了，你把她带走吧！"

于是孩子长成了我不想要的样子！长歪了！

第二个故事

水猴子拖小孩子，麻胡子吃纳凉熟睡人的手指，仿若大京果一样，格嘟格嘟！……我脑子里哪来的这么些故事？都是我小姑！小姑当年就是这么唬我的。

年轻时候的小姑讲故事可精彩了。我爱听，一如我的儿子和侄子听我讲故事一样。越听越兴奋。

婚后的小姑，每次回乡都串门，跟长辈、伙伴、晚辈聊天，跟谁都有话说。老一辈邻居还特爱跟她说话，每次都是以她为中心围成一个圈，忆苦思甜，讲过去的人和事，讲搬进城的那些亲朋旧邻的美好生活，讲解散后的"供销社"，有时候竟还能对比分析新旧政策。总之，小姑人缘可好了。

每每这时候，小姑父就出场了："张某某，回家吃饭！别讲故事了！"

小姑就是这么厉害！把聊天整得跟讲故事一样精彩！

第三个故事

在职校工作的每一天，我最享受的就是午后散步的时光。

午后，在小花园里，走着走着人多了起来，也就到了我们"讲故事"的时间。

小薇的故事讲得最好，有情节，有细节，有趣味，我们爱听。不过，故事太长了，一个故事常常就占用一个中午散步的时间，以致彩霞常常打断她："说结果！"

每天的散步时段，话题即便是婆媳矛盾、八卦新闻，也是各位相互沟通、交换观点、求同存异、相互包容，甚至相互批评的时间。

第四个故事

今天时间不早了，我也该睡了。在梦中讲故事吧！

睡觉之前再刷一下朋友圈：《康震讲诗词》。会说话的人说什么不还是跟讲故事一样，哪怕是劝诫皇亲贵族，譬如《邹忌讽齐王纳谏》《触龙说赵太后》！

2019 年 7 月 18 日

生日印象

大概是由于地域的差异，或者是经济状况的差异吧，各地过生日的风俗不太一样。

譬如我吧，我是扬州人，从记事起，每到农历生日这一天，母亲总是早早起床，煮上两碗面条——我一碗，弟弟沾光，也给他盛上一碗——撒上葱花，然后碗里也许会有惊喜，偷偷卧着一只荷包蛋。如果太匆忙，母亲会让我带上两个煮熟的鸡蛋，在上学的路上边走边吃。在那个年代，鸡蛋很少，即使有也常常用来招待客人，不能经常吃到。记得外婆家养了几只鸡，外婆每天准时准点地到鸡窝里取蛋，数量是一定的，就这样，积少成多后会卖给小贩，换钱买盐吃。尽管日子过得紧紧巴巴，但每逢生日时，总还是舍得煮上几只鸡蛋的，大人的生日也不例外。日子过得有条不紊，苦中有乐，有滋有味。

先生是徐州人，在没出来上大学之前，从来没有过生日的概念，甚至都不能准确地说出自己的生日。即使身份证上有一个"生日"，他也不能确定是阳历还是阴历的。在儿子出生以后，婆婆对先生冒出一句："你的生日好像和你儿子的一样!"婆婆只生了两个孩子，居然搞不清自己孩子的生日。就这样，我们给先生庆生时也总是含含糊糊，以身份证上的日子将就着过。

算着时间，公公和婆婆60岁该到了，我们的经济状况也有好转，就想给他们热闹一下，买身衣裳，请亲朋好友吃一顿。可是和公公婆婆谈及此事时他们却不同意，原因是本地没有这样过生日的，况且生日也都不记得了! 我们也只好恭敬不如从命了。也许在他们那个年代里，养活孩子不容易，只顾着生存了，哪里还能顾及其他的。

而在我的印象中，生日总是那样美好，没有苦难，只有欢乐。甚至在儿子出生以后，我们家每人都要过阴历和阳历两个生日，其实就是为多吃一次蛋糕找个由头。

江淮地区，但凡逢十的生日，似乎总要邀请亲戚好友聚一聚，热闹热闹。

十岁时，母亲将她的生日和我的生日放在了一起，共同庆生。只记得当时家里人影憧憧，好不热闹。而我最高兴的是得了一件生日礼物。外婆托小姨从南京买回来了一件滑雪衫，正反两面都好穿，款式略有不同，一面雪青色，一面大红色，黑色拉链，有帽子。当天我就穿上了这件衣服，着红色一面，老天又配合下起了雪，戴上帽子，不用打伞，满村子地跑啊、笑啊，欢喜得不得了！如果天气好，放晴了，我就将衣服反过来，着另一面，心里美极了。可惜的是，女孩子个儿长得特别快，第二年这件衣服就只能将就着穿了，第三年就怎么也套不进去了！幸亏后来父亲出差归来给我带了一件毛茸茸的米黄色大衣，才弥补了我心中的遗憾。

二十岁时，家人说，这是我在娘家的最后一个整岁生日了，也得热闹一下。虽然也得到了一些礼物，却不是那么兴奋，多半都忘了。倒是有几张同学的生日贺卡，还记载着青葱岁月的印迹："Happy Birthday To You""从苍穹中／寻找一颗星／一颗最近、最纯、最亮、最美的星／托它捎去一份／虔诚的祝福""在我心中，将会珍藏这一份不平常的岁月里不平凡的友谊。祝你今后永远快乐、幸福，在梦的港湾里风华绝代"……浓浓的同学情！这几张卡片我至今还保留着，成为今生今世"我也曾青春过"的有力证据。

三十岁时，结婚了，有孩子了，购房了却还没能住进去，仍然寄居在学校的宿舍里，经济上颇为拮据。那是个周末的早晨，学校里冷冷清清，空空荡荡，心中不免有一丝落寞。先生去买菜了，说要亲自做一顿可口的饭菜庆祝我的生日。在操场外围的小路上，我带着儿子，看着他欢快地奔跑，时不时地追逐着那只浅蓝色的儿童排球。"铃铃铃——"一阵清脆的铃声响起，分外悦耳，我抬头一看，一幅画面，永远定格——

先生骑着一辆破旧的咔嗒咔嗒响的自行车，一手扶车把，一手举着一束鲜花，在操场外围的水泥路上欢快地飞驰着，远在操场对面就开始高声欢呼——老婆，我回来了！我回来了！

停车到我面前，先生很绅士，一手别在身后，另一手献花，弯腰鞠躬：老婆，生日快乐！接过鲜花，我们拥抱了！我们真真切切、很自然地拥抱了！即使在众人面前，我们也从不刻意隐藏彼此之间的亲昵举动。

那是一束红玫瑰，一共 11 支。放上清水，撒上点盐，在简陋的酒瓶里养着，居然近两个月盛开不败。它"妆红"了我们简陋的小屋，生机盎然。

女人四十岁，到了这个年龄，还是让它悄无声息吧。却没想到，久已停止的生日福利又重新启动了！3 月 4 日的教师会上，校长宣布了当天某位老师开始享受蛋糕券和祝福。仅隔一天，就到了我的生日。在得到工会主席的祝福之后，教师群里一片祝福声，自然还有生日在 1 月、2 月里不能享受此待遇的同志们的一片懊恼声，幸好周日的三八节庆祝活动提前至当天下午进行，大家都忙着去采草莓了！这片喜悦总算冲淡了那份懊恼。我就嘚瑟了：一盒草莓，一张蛋糕券，还有亲们的祝福！身为共产党员，我在 QQ 的"说说"里由衷地表达心声：共产党好！共产党好！

生日一个又一个，日子一年又一年。

流去的是年华，记住的是欢乐。一份又一份真情，永驻心间。

2015 年 3 月 11 日

弯腰的女人

最近，因为孩子，我颇为烦恼。

昨天傍晚在去金山湖散步的路上，我骑着电动车，突闻汽车喇叭声起，一个红绿灯三岔路口，停下，看到一幅画面：

一个约 70 岁的老者，披挂着衣服，趿着拖鞋，在机动车道上，逆着方向，骑着自行车，缓缓地从对面红灯方向而来；中央位置定住，冷眼瞧着和他正面相向的汽车。绿灯亮，右侧车道上的小轿车摁着喇叭催促老者让道。老者置若罔闻，不为所动，甚至坚决地迎上前，骑到了机动车道的正中央。轿车司机一看不对劲，车轮过了停止线后、方向左打，走了。

老者继续上前，轿车后面的公交车亦缓缓上前，两者之间横亘着停止线。老者很是淡定，一只脚撑在地面上，止住，身子趴在车把手上。二者呈对峙状态！

我身边一位年轻妈妈骑电动车带着个七八岁的孩子，孩子嘀咕着：妈妈，爷爷这是在干吗呀？

绿灯一秒一秒地闪着，时间缓缓过去。

这时，公交车门打开，一 40 多岁的中年妇女从座位上起身，戴着帽子，套着长长的遮阳护袖，从右侧车门下车。一场街头的争执也许即将开始了吧。

"老先生，麻烦您一下，能不能把您的自行车骑到对面去？或者后退一下，到旁边的自行车道上去？"女人弯着腰，心平气和地说。

老者眼皮微掀，右手在空中比画了一下，依然伏在自行车把上，不动。

"不行哎，老先生！左边有线，上面有摄像头，我的车从这里一打方向，上面就要拍照，要罚款的啊！"

老者抬了一下头，看了看周围。

"老先生，不好意思，麻烦你动一下哦！我这公交车一车人都等着走呢！麻烦你了……"

绿灯一秒一秒地闪过，红灯亮起。我对面的绿灯也跳出，年轻妈妈过马路了，我也走了。

过了马路，年轻妈妈转头，母子俩相视而笑。我也笑了。

"不好意思，麻烦你了啊……谢谢你了啊，老先生！"身后依然传来女司机温婉的声音。我仿佛看到了她弯腰说话的样子！

这位女公交司机完全可以怒不可遏地咒骂老者一番，也可以义愤填膺地跟老者讲讲道路规则，还可以义正词严地动员乘客声讨、谴责老者。

可是她没有，她弯着腰解决了问题。

也许，这就是一个女人最美的样子吧，不慌不忙、不骄不躁是一种力量！

2017 年 8 月 21 日

做一个善良的人

老同学、老朋友之间爱开玩笑，试图用结成儿女亲家来进一步加深彼此之间的关系。玩笑多了，他们嗔怪我："花心！你到底要找个什么样的儿媳妇？"

是呀，如果有可能让我自己挑儿媳妇（当然希望是渺茫的），我要找个什么样的儿媳妇呢？

——家庭条件好的？教养好的？脾气好的？长得好的？脑子好使的？人缘好的？……这些都重要，又似乎都不重要。

我想了又想——

如果有可能，我要找个心地善良的姑娘当儿媳妇，其他条件都可以放宽，甚至忽略。

一个心地善良的姑娘，她必然会为他人设身处地地考虑，人际关系自然不在话下。即使吃点儿亏也没什么，吃亏是福。

一个心地善良的姑娘，她必然长得也不会差，起码会令人看着舒服。相由心生，说的就是这个道理。

一个心地善良的姑娘，她必然不会伤害别人，损人利己、损人不利己的事都不会干。她按自己的意愿去处事，对得起自己的良心。人的一生，心善则心安，心安则宁静！

一个心地善良的姑娘，她的善良必有来源。她的父母、亲人一定不会是苛刻之人。待人宽容、不苛刻，还有比这更重要的家庭教育吗？

一个心地善良的姑娘，会本着对人对事的善意，一般不忍心发脾气，即使发脾气，也不至于"冷暴力"，伤害他人。有话讲出来，比什么都好，更何况还是出于善意的脾气呢！

……

父母之爱子，则必为之计深远。

孩子，妈妈还想告诉你，其实妈妈也是一个善良的人。

小时候，家里来了客人，要宰杀一只鸭子。抓好了，腿脚也捆好了，准备杀了，我却抱着鸭子，怎么也不让父亲近身，逼得父亲只好上街重新买菜待客。这只鸭子逃过一劫，又多活了两年，直到老死，埋了！

我上小学时，外婆难得到我家来小住，母亲让外婆打小麻将来打发时间。一天中午吃完午饭，我问外婆：你今天怎么还不去打牌啊？外婆说：不打了，总输钱，每次都5元"进花园"（封顶的意思）呢！我想也没想，拿了我的储蓄罐，找了5元递给外婆：你去玩吧！这件事其实我早就忘了，只是母亲回忆起外婆时经常提及此事，说外婆在世时总是念着我的好，念着我的善良。后来想想，难怪大一点的时候我每次在外婆家调皮被二舅训斥时，她总是护着我，看我的眼神也更加温柔了！

这种念叨无形中也激励了我，做一个善良的人并不难。现在我对家里的老人也更加照顾了，无论是爷爷奶奶，还是外公外婆，但凡见到他们，我必力所能及！

其实，我的这种善良还来源于长辈们的身体力行。我的母亲因为经济能力有限，有时在我看来似乎略有一些小气，但是在大事上她从不含糊，比如老人的赡养问题、招待亲朋的态度等，总是能获得好评。而我的姑姑，特别是小姑，给我的印象实在是太深刻了！她不仅对长辈好，对晚辈也好，我深受其惠。所以小姑虽然脾气不好，可是身边没有一个人愿意说她坏话。真心诚意地待人，力所能及地帮助别人，这种善良真真切切地影响到了我，而我也愿意像她那样，在更多的人身上实践我的善良。

在未来的生活中，我愿意继续善良下去！

2015 年 5 月 15 日 10：22

突然有种想流泪的感觉

突然有种想流泪的感觉……

今天培训结束后，回妈妈那里，顺便把车子开回来。因为我的古怪和别扭，我和妈妈已经好几天不说话了。本想上楼，不动声色地拿了车钥匙就走，但坐在客厅里的妈妈看了我，满腹狐疑地问："不吃晚饭吗？鱼汤在锅里，喝一碗再走吧！"说罢，起身就给我盛鱼汤去了。盛情难却，我喝了汤，顺便聊了一点儿家常，然后带着外婆对孙子的一份爱，赶回学校了。老妈是从弟弟那里知道我今天下午要来拿钥匙的，特意做了我爱吃的鱼，本还想留我吃饭；虽然老妈对我还有气，但架不住对女儿的疼爱，倔强的她还是放下脸面，主动和我讲话了。显然，在亲人之间的这场博弈里，谁的爱更多一些，谁就"输"！

回来以后，刷朋友圈，看到一张图：高挑美丽的女子站立俯视着，年轻男子蹲下身子为她绑凉鞋带。这样的画面，我们年轻的时候也经常发生，逛街散步时，爱人经常为我俯身系鞋带。有时是他主动发现；有时是我发现后，立住、脚一伸，他即刻会意。多好的爱人啊！哈哈。我当即把这张暖图转发给老公：这就是年轻的我们！你真好！

到校后，来补课的儿子已经先到我办公室。看着高大帅气的儿子，想到几天前18岁成人礼上他跟同学嬉笑的情景；想到升国旗时儿子主动出声唱国歌的情景；想到主持人要求孩子与父母拥抱的情景。说实在的，我有些不好意思，习惯了和爱人拥抱，却还真不习惯和这么高大的儿子拥抱。本想嘻哈着过去，却没想到，儿子一边重复着主持人的指令，一边也要求我做：起立，面向而立，拥抱。全程儿子主动。因为害羞，我摆出拥抱的姿势后，随即又放下。不承想，儿子不动，说：30秒呢。我只好继续拥抱！这还是我认识的那个我以为害羞、不懂事、总看我不顺眼、跟我对着干的儿子吗？看着眼前的儿子，我有点儿舍不得了，舍不得4个月后他即将离开我去读书。那时候，没人和我拌嘴，没人替我倒水，没人替我锁门，没人替我带晚饭，没人口齿不清地喊妈妈帮我拿这个那个的了，不禁悲从中来：儿子正在长大，也正在陌生。人生路上，他必将和我渐行渐远。

不知不觉，眼泪滑落了下来……

2018 年 4 月 12 日 19：13

谜

记忆中，正月里最令人难忘的，除了热热闹闹的气氛、日常少见的美食以外，就应该是猜谜了。

那一年，我七八岁吧，刚刚认得些许简单的字。外婆家聚集了好几个外公级的长辈在一起喝酒，父亲陪酒。席间，我稚嫩地尝试着念外公手写的对联，旁若无人。某一"外公"见此情景，竟然对我产生了兴趣，逗我猜谜，说了几个常见事物类型的谜语，都被我猜出了。之后又加大难度，让我猜起了字谜——一字十二点。我一边自语"十、二、点"，一边认真地用手指在手心里比画着。一会儿工夫，我缓缓地报出了谜底——斗，还有——玉，还有——主……

我清楚地记得众人脸上的表情变化，尤其是父亲，那眼神是发光的、闪亮的，充满了惊喜。于是，那位"外公"竖着大拇指，大声地说：不得了！这女娃娃了不得！好好培养，将来定会有出息！众人一片附和，父亲竟然有些得意起来！后来，众人又出了"七十二小时"之类的谜语，我自然是不在话下，一一猜了出来，似乎印证了刚刚那位"外公""了不得"的断语。

这样的场面，曾多次出现在我的脑海中。高中时，我成绩平平，显然是信心不够。难忘当时的数学老师吴老师（我一直清楚地记着他的名字)。一天晚自习，吴老师找我出去谈话，说了一些什么我记不太清楚了，只牢记一句：你是有潜力的！那时我脑子里浮现的就是当年猜谜的这一画面，这一画面似乎与吴老师的这一"定论"相映，成为"我能行"的一个有力证据。

以后的生活和学习中，每每遇到困难，我脑子里总是能浮现这一画面，想起老师的鼓励。我也常常借这句话来勉励我的学生。

稍长一些，弟弟也到了可以猜谜的年龄。夏天的晚上，在院子里，在巷子中，在露台上，众人聚在一起纳凉。闲着也是闲着，除了唱歌、讲故事以外，我们最喜爱的就是猜谜了。为了应对弟弟的纠缠，我把自己知道的一些常用谜语都给他猜一遍以后，就束手无策了。后来我不知从哪儿找来一本《谜语大全》，也能对付一阵子，可总觉得那本书不是太好，有些谜面太牵强附会或是晦涩难懂，于是我自己尝试着也来编上几个。毕竟那时年龄小，懂的东西不多，自编的寥寥几个谜语也都忘了。只有一个也算是谜语吧，我颇为得意，因为弟弟怎么也猜不上，找大人帮忙，还是猜不出。"什么东西越洗越脏？"答案是"水"。多年以后，在杂志刊物上也曾看到同样的"谜语"，我不禁哑然一笑。

谜语始终在给我带来生活的乐趣。上小学的时候，六一儿童节时学校设计各种各样的游园活动，其中我最爱的就是猜谜，猜中还有铅笔、橡皮、簿本之类的奖品，我自然是收获颇丰。年年都有这样的活动，那会儿我真是高兴啊！多年以后，元宵时节，我也曾在学校组织过这样的猜谜活动，学生猜得是劲头十足，那个可真是满校园的热闹啊！

每年正月十五，乡镇文化站上也常常组织猜灯谜这样的活动，可惜我们多半已经开学，很少参加这样的活动了。只记得有一年上大学开学比较迟，我是在家里过元宵节的。晚上赏花灯，看人们舞龙、跳莲花落、踩高跷……信步走到一个角落时，发现这里竟然是一块猜谜活动的场地。还算规整的场地上拉着几条长绳，上面挂着一些红红绿绿的纸片。很多纸片因为被猜中，已经被撕角了，在风中长短不一地翻飞着。这里竟使我心中感到异样的亲切。

工作的时候，忙忙碌碌，不知疲倦。不知什么时候，有同学拉我加入了高中同学群。同学许久不见，在群里碰上，自然免不了一番回忆和感慨。某天，有同学突然发了一条谜面"乔老爷上轿"来猜一同学名，并回忆说，这是当年班主任王老师在班级活动时给大家出的其中一条谜语。当时，学校工会主席生病了，委托我负责进行年终的教师活动。正苦于此事的我，看到这里，突然灵光一现，找出学校教工名册，认真地开始制作谜面。在老公的协助下，我做出了六七十条，超过教工人数的一半了。第二天，中小学部教师们聚在一起，有的老师对着名册猜，有的老师努力回忆教师的名字猜，欢聚一堂，其乐融融。那时，学校合并不久，中小学部教师来自不同的学校，彼此之间少有往来，猜谜活动有效拉近了彼此之间的距离。听着他们的欢声笑语，我也一样地开心，感受制谜、猜谜带给我的另一种欢乐。就在去年年底，先生单位年终搞活动，如法炮制，效果也一样好。

　　猜物，猜字，猜人名，我沉迷其中。其实，生活中可猜的东西还有很多。有时不但要学会"猜谜"，还需要"制谜"，自己"制谜"。我深陷其中，当时浑然不觉，现在想来却也其乐无穷。

　　我曾尝试猜过一双眼睛。都说眼睛是心灵的窗户，想要了解一个人玩笑的背后是真是假，从他的眼睛里也许就能发现什么。可是那双眼睛或大或小、或长或短、或暗或明，究竟是什么样的，我到现在也不知道。因为无论阴雨或晴明，无论室内或室外，那双眼睛上总是架着一副眼镜，一副深色的眼镜。因此，我总觉得眼镜的主人是深沉的、不可测的。这双谜一样的眼睛，我一直没有看到，这个谜一样的主人我也一直没有猜透。

　　多年以后，当我从电视上知道"微表情"这个概念以后，我竟然对"微表情"产生了兴趣。床头案边常常放置一本这类书籍，空闲时翻阅。喜欢一个人，瞳孔会放大，双眼会发光。真心微笑时，嘴角会向上翘起，有45弧度高；略低，30弧度时，多半是礼貌性的微笑。讨厌一人时，身体会尽量远离对方，脚尖方向也会背向对方，而喜欢一个人时正好相反。双手抱于胸前是防备……我顿悟：眼睛并不是了解一个人的唯一途径，手足的姿态、眉毛、嘴角等，细细观察，都能看出一个人的真实情感和态度。

其实，这样的研究对我的专业是有帮助的。一个人阅读小说时，通过他的微表情的研究，可以更准确深入地看出他的真实情感。好的电影电视也一样，通过演员细腻的表达，可以阅读出人物的情绪，揣摩人物的内心，把握作者或编剧或导演的意图。这样研究起来也是十分有意思的。所以，有一阵子我迷上了影视剧，如《听风者》《甄嬛传》等。反过来，这种研究和探讨对我的写作也是有帮助的。自然，这种细节阅读的方式方法对我的阅读课堂和作文指导课堂都产生过一定的影响。

我经常进行这样"猜谜式"的思考，兴致来时，我也会给自己"制谜"。比如，对着一张画面，猜想着人物性格，想象着围绕他可能会发生怎样的故事。许久未曾谋面的朋友曾经给我看过一张照片，我对着照片，根据人物服饰打扮、微笑举止等大放厥词，煞有介事地说着人物的性格。再见面时，朋友干脆呼我为"巫婆""神婆"！我在想，或许茅山的"相士"就是这样"算命"的吧！

除了画面"制谜""解谜"，我还尝试根据文字"制谜""解谜"。中华文化博大精深，中国文字有着神奇的魅力。说文解字，就是一种"制谜""解谜"的最好方式。除了一些常见文字的解释以外，针对学生考试中易错的字词，我也尝试"说文解字"，用一种特殊的方式让学生理解记忆。例如"坟冢"的"冢"，学生不清楚含义。我解释为：把"家"上面的一点，由地面移到地下，就成了"冢"，于是地面上的"家"到了地下就成了"坟墓"。再如"崇"与"祟"，我告诉他们："崇"是山的祖宗，自然"高大"；"祟"是小鬼，经常在晚间出来吓人。几乎每一个汉字都有着自己独特的故事，只是它们像谜一样，我们还没找到"谜底"，不能一一对它们进行合理的解释！

单个的汉字是这样有趣，一群汉字组合在一起还会更有意思，譬如诗文。好的诗文常常令我们如痴如醉。"寻寻觅觅，冷冷清清，凄凄惨惨戚戚"，这是有着怎样经历的女子才有的情感和才情啊！于是你不得不透过那一篇篇绝美的诗文，对作者李清照进行深入探究，并在探究过程中，不断思考。这个过程不仅加强了对作品和诗人的认识，也丰盈了自己。

教读萧红的《回忆鲁迅先生》一文时，你会很奇怪这种松散的结构、随性的语言表达何以被推崇为林林总总的鲁迅纪念文章中的"首屈一指"。在这样的迷惑中，你从她的这篇文章，到她的经历，再到她的其他作品，不断深入研读，必定也能找到你想要的理解和认识，也算是"解惑"了吧！

　　何止李清照，何止萧红，几乎每一个人，都是一个谜。研读萧红时，我还顺带了解了《情若入画，便是桃花》中浪漫三毛、无情张爱玲、典雅林徽因、凄美阮玲玉、仙姝陈晓旭、美人林青霞等另外 6 名谜一样的女子。

　　把疑惑的目光从书中、从名人中移至生活，看身边的人，你的父母、你的爱人、你的兄弟姊妹、你的孩子、你的朋友、你的同事……你是否都了解？你也许跟他同教一个班、同住一个屋檐、同食一锅饭、同做一件事，甚至同宿一张床，你也许看过他的笑脸、听过他的故事、欣赏过他的作品，但你是否真能理解他的每一个动作、了解他的每一种心绪、理解他的每一段心路历程？

　　其实生活中的每一个现象和人物我们未必都看得清清楚楚明明白白，他们都像谜一样。我想说，对于自己感兴趣的现象和人物，请带着一种尊重去尝试解答，不要轻易否定或随意评价。

　　万物皆有因果，万象皆随因缘。

二

学
生
篇

卑微的爱

2月14日是个好日子。晚上10点多钟，我照例浏览了微信和QQ的朋友圈，并写下了一条说说"No. 15"，以此纪念我和先生结婚15周年。正当我放下手机准备休息时，我的手机响了，拿出来一看，是S。

手机收到一条信息——张老师，放假了吧（没有标点，我想他也不知道是用什么标点，问号、句号、感叹号似乎都可以，因为他知道我是老师，也早就放假了，他只是想找一个人聊天而已。）

S是我教高中时的一位男学生。他上学时语文成绩不太好，化学成绩却很突出，明显地偏科。他为人很老实，性格也很内向。为了帮他"纠偏"，我任命他为我的语文课代表，但即使这样，我们接触的机会也并没有多起来。

走出学校以后，除了逢年过节S会给我发个祝福短信以外，其他的也并没有更多接触。曾经有一阵子，他在朋友圈里突然忙碌起来，晒他的女友、婚纱照等，我虽没有评价，却暗自为他高兴。

去年下半年的某一天吧，一个自称S的人又要加我QQ，我很疑惑，他在我的圈子里啊，赶紧翻找——不见了！由于对方准确地称我"张老师"，我还是加了他，这才知道了他的故事。

他工作了，在一个知名企业里做技术员。偶然的一次机会，遇到了他的"女神"——一名幼儿园教师，于是一向内向的他抛开了各种自尊，对"女神"展开了各种追求，早晚接送，各种节日礼物，几乎无所不做。终于谈婚论嫁了，拍婚纱照了，订酒席了，过程虽然各种疙疙瘩瘩，却也还能接受。就因婚前写请帖的过程中的一件小事——要不要请一名叫Q的女同学，二人发生了一些不愉快并分道扬镳了！

事情过后，双方一直僵持着，谁也不低头，S为此还大病住院了。病好后，S仍然念念不忘对方，于是来找我——以前的班主任倾诉了！

这是我最难做的一次"学生"工作了，而且事关重大。我自然是劝说 S，既然念念不忘，那就回头再去找她吧！可是我忘了，平时闷不吭声的人，其实是最倔强、最有主见的人了。聊着聊着我发现他绝对不会再去找她了，在那段爱里，他太累太卑微，太没有自我了！于是我话题一转，就对 S 说："往前看吧，太阳每天都是新的！"可是他又对我说他不想找新的，他仍然是念念不忘那段情……

连续这样几天以后，我终于明白，他需要时间的治疗，现在的他只是缺少一个说话的人而已。于是我不再那么认真地回答他了，只是"嗯啊哦"地回应。

后来我再留意他的"说说"，慢慢地觉得他应该好一点儿了！

昨天，情人节，他告诉我，他还是一个人，他还是念念不忘……

陪说了好半天以后，我还是毫无进展。

躺在床上，我辗转反侧。

今晨起床，我只想说：

如果卑微还换不来真爱，那就放手吧！

如果爱得太累，那就别爱了！

2015 年 2 月 15 日 11：12

他们还是孩子

我们的学生，他们还是孩子，请你用爱的目光关注他们。

家长之所以这样做，只是想让自己的孩子少受一些折磨而已。

师道尊严，真的那么重要吗？

为什么他们不可以忘交一次作业？

为什么他们不可以为自己心仪的人写一封情书？

为什么他们不可以为了自尊撒一次小谎？

为什么他们不可以蔑视成人的世界？

　　为什么他们不可以偶尔任性一下，请假出去溜达一圈，只为消遣属于他们那个年龄段的苦恼？

　　你可以对他任性咆哮，为什么他就不能对你发泄丝毫不满？

　　你对他不满时，可以不闻不问、不管不顾。可是他第二天见到你仍然可以叫一声"老师好"！这是怎样的一种胸怀、一种大度啊！

　　别忘了，他们还只是个孩子！

　　是孩子，谁没有犯过"错"？更何况那真是什么错吗？

　　他也许是我们自己的孩子，也许是我们的学生！

　　对于我们自己的孩子，我们总是用宽容和欣赏的目光去看待。自己的娃哪儿都好！

　　可是一旦有外人挑拨，为何我们又是如此气急败坏？

　　孩子还是自己的孩子，孩子还是那个孩子！

　　我们缺少的是爱的胸怀和爱的目光。

　　扪心自问：

　　你在他这个年龄，又做了些什么？

　　是不是同学会时你们聊得最多的总是那些你们曾经一起干过的坏事？而且每次说到这里，你们总是放声尽情大笑？为什么你可以有如此难忘的青春，他们的青春一旦如此你却气急败坏，厉声一喝，当头一棒？青春之所以值得怀念，就是因为我们曾经叛逆过、不羁过，甚至放浪过！

　　包容他们吧！原谅他们吧！让他们用自己的方式成长！因为他们还只是孩子！

　　而你我是家长，或者是老师！

2014 年 12 月 15 日

我用爱的目光关注你

——中职学生牵手案例剖析

【案例背景】

本学期我担任中职班的班教小组核心成员。这是一个幼儿师范专业的毕业班，全班 38 名女同学，初看有些懒散，但长时间的接触下来，我发现她们身上不乏正气，特别是班干部。

开学后不久的一个周三，那天我值班。大清早，我来到了教室门口，检查学生的晨扫情况。快要上课了，教室里也打扫干净了，可是该打扫保洁区的那位同学却迟迟未到，我有些焦急。铃声响了，正当我打算安排班委打扫的时候，风风火火地闯进来一名女生！对于同学的值日提醒，该生似乎一脸茫然……我首先记住了这位兰姓同学。

后来几周的巡课过程中，我发现兰同学上课总爱睡觉，打不起精神，下课也睡，中午也睡；经常请假，迟到、早退，甚至旷课不到校学习。从老班教小组组长那里我了解到，兰同学与其同桌晚上在一家快餐店打工，23 点以后才能下班。但是其父母都有稳定的工作，家中并不缺钱。

某次劳动值周，兰同学所在的劳动小组经常脱岗，卫生打扫不干净，值周老师无奈告之于我。当我现场检查时，发现的确如此，于是我首先对组长进行了批评与教育。谁知一旁的兰同学突然发起脾气，将手中的矿泉水瓶狠狠地抛掷到远处，嘴里不干不净、骂骂咧咧。

我厉声一喝，叫住了兰同学。

【分析和处理】

显然，这是一个"爱犯错误的"学生，迟到、早退、旷课、上课睡觉等，经常有违纪行为，而且受批评或遇挫折后经常不能控制自己，容易出现暴怒、顶牛、报复等发泄性行为。

这类学生任何教师都会碰到，碰到时不必畏惧，更不能视而不见，而要冷静地思考对策。这类学生的心理往往具有双重性，作为教育者，既要看到它积极的一面，不要简单地指责与否定，更要千方百计消除其消极因素。只要方法得当，恰当处理，就可以兴利抑弊，使其从消极转化为积极。

兰同学哭哭啼啼地走过来——我迅速地让自己冷静下来，要求另一名组员，即兰同学的同桌10分钟以后将她送至我的办公室来。利用这10分钟，我迅速地整理了思路，调整好了策略。

不到10分钟，兰同学在其同桌的陪伴下抽抽噎噎地来到了我的办公室。我让她坐下，并主动给她们倒了一杯水，让其稳定情绪。随后我从外围着手，与她聊天，问问她的打工情况、家庭状况、与班级学生的交流情况，最后聊到本次值周的劳动情况。在聊天的过程中，我在语言中逐步渗透了我的观点和思想，并获得了她的认可。所以，我让她离开时她明显怔了一下，她很意外，随后说道："老师，对不起！"不打不相识，这就是与兰同学的第一次交流，取得了比较好的效果。

【转化措施】

又经过一段时间的观察和接触，我了解到该生非常聪明，但不爱动脑筋，厌倦学习，对自己要求不严，经常夜不归宿，甚至想退学，体育课上还莫名拿手机砸同学。这一系列的事件让我认识到：这类学生如若任其发展，一旦流向社会无人监管引导，极有可能会一失足成千古恨！

于是，我主动向组长申请担任兰同学的"牵手老师"。我要用爱的目光来关注她，让她健康成长，顺利毕业！

1. 忽略小节。这样的学生身上总是存在着这样或那样的毛病，看似"小节"，积累多了也就成了"问题"。对此我的态度是忽略。这并不是不闻不问不管，放纵自流，而是用爱的胸怀去宽容，不放大，不追踪，不用苛刻的语言去责备。如她上课睡觉，走到她身边敲一下桌子或轻拍一下她后背，她也就能迅速地抬起头来。再有迟到时，喊了"报到"以后，让她在门口多停留几十秒，用宽容的眼神看着她，直到她低头，这才说一声"进来"！这样几次以后，她果然收敛了许多。

2. 聊天沟通。我相信，爱是可以创造奇迹的。对于这样一名学生，作为老师，不应该歧视她、漠视她；相反地，更应该在学习和生活中给予她更多的爱、更多的支持、更多的关注。为此，我多次和她聊天，进行非正式沟通。如针对她上课睡觉，在课间走廊上，我们聊"昨晚睡得很迟吗？出去玩了啊？玩手机了？妈妈没说你吗？下次要早点睡哦"。再如，做操时我们聊"最近跟同学相处还好吧？跟妈妈发脾气了吗？要学会控制自己的情绪啊"。这种沟通需要老师付出百倍的耐心和细心，在聊天的过程中不断提示、警醒，用爱的方式在学习和生活中给予严格的要求。我要让她从心底意识到：老师是关心她的。

3. 联手表扬。兰同学虽然问题多多，但万事万物都具有两面性。兰同学虽然对文化课提不起兴趣，但是喜爱舞蹈，舞蹈课上能认真专心地学习，音乐响起时，能自然地随着节奏摆动，深情而投入。这是在其他课上没有出现过的景象。听课时，我靠近她，表扬她，跟她学习，并将她上课的情景拍摄下来转发给她，以增强她对专业课学习的自信，从而不断引导她积极向上，勇于进取。此外，我还和其他任课教师联起手来表扬她的每一个细节上的进步：张老师说"王老师前天在办公室说你上美术课不瞌睡了"；王老师说"孙老师发现你连续三天不迟到了，继续努力"；孙老师说"你的舞跳得真棒哎，连张老师都夸你呢"……兰同学脸上的笑容灿烂了许多！

4. 同桌监管。有的时候同龄人之间的交流要比师生之间的交流来得更直接、更有效，毕竟没有代沟。对兰同学的转化，我们也注重从外围着手，从她身边的朋友着手。兰同学的同桌明显要比兰同学成熟稳重许多，于是下课我也常和她交流，诸如"兰同学最近跟你关系还好吗？""跟其他同学呢？""还经常和父母乱发脾气吗？""好朋友要相互帮助，相互提醒，尤其是她做得不好的时候，你要经常和她说呢"。时间长了，老师的关心和帮助多多少少传到了兰同学的耳朵里，她自然对老师也有了几分亲近。正所谓"亲其师，信其道"。

5. 家长配合。家庭教育和学校教育是相辅相成、互相促进的。早年，兰同学的母亲忙于生意，对孩子有所疏忽。等到中考时，孩子的成绩已经只能就读职业学校了，她非常后悔。于是近两年来她对孩子无微不至，非常关心。可是这种关心也让孩子产生了反感，所以母女俩有效沟通很少，兰同学宁愿放学后去打工，也不愿待在家里。针对兰同学的问题，我与其家长沟通，家校联手，软硬兼施，共同制订了一套转化方案。通过此途径，来更好地纠正她思想和行为上的偏颇。

【转化成果】

功夫不负有心人。经过一番努力，该生虽然还存在一定的问题，但与以前相比较，进步可以说是显著的。如在上课方面，能遵守纪律了，不像以前那样随便了，有事情也能及时履行请假手续；特别是在性格方面，正在逐渐学会控制自己，凡事三思，"忍"字当先。专业成绩也进步很快，也变得喜欢和老师交流了。

【感悟反思】

作为一名教师，一个人类灵魂的工程师，在对待每一个学生的过程中都要付出真诚的爱。"要爱每一个学生"，无论是优生还是爱犯错误的学生，都应该得到应有的关爱和关心，不能因为成绩或是品行的问题而歧视、漠视学生。相反，对于那些学生应该付出更多的关爱，支持他们、鼓励他们、转化他们，增强他们的责任感，培养他们的自信心。

在具体的转化工作中，要学会利用灵活多样的教育方式，对症下药；要联合各种教育力量和资源，共同努力。我在转化兰同学这名学生时，针对她自身的优点，挖掘她的闪光点，并给予大力的支持和鼓励。同时，又利用同学和家长的力量，共同探索，最终使这名学生无论是从学习成绩上还是从行为举止上，都有了一个比较大的转变。我想这就是教育的力量吧！

俗话说，"十年树木，百年树人"，"冰冻三尺非一日之寒"。对于教师来说，培养学生是一项极为重要也极为艰巨的工作。我愿意付出更多的爱心，用爱的目光关注他们的成长。

中职女生的早恋应如何处理

一天课间，我正在批改作业。突然，小杜同学的作业里飘出一张纸条。我捡起纸条一看，哇，这上面的语句够炽烈的呀！

我把她叫到办公室里让她坐下，她很紧张，低着头，脸涨得通红。我说："这是怎么回事？"她哪里敢说。我说："没关系的。现在只有我们俩。你告诉我事情是怎么开始的。"她终于断断续续说了起来："我不知道该怎么办，这些天来脑海里一直想着他。他是外班的体育课代表，我喜欢看他在篮球场矫健地投球、在林荫道上潇洒地跑步。课后我常常去看他，后来他说他对我也有好感，我们就开始交往了。但我们很纯洁的。后来他写信给我，还在晚自习后约我在操场上散步。我发现自己越来越喜欢他了，有时夜里还梦到他。我知道这样会影响学习，我也在努力控制自己不去想这些乱七八糟的事，可总是不由自主，越想控制越难以控制。这样太对不起父母、对不起老师了，我从内心里有一种负疚感。老师，我是不是早恋了，我该怎么办呢？"

春水涨起来的时候，应当及时疏导，而不是围追堵截，否则一旦水位涨到他们小小的心灵承受不住时，便会一泻而下……

最后，我针对其"病症"，开始"下药"：

1. 实属正常，毋庸多虑。我告诉她："你现在所处的阶段正处于青春发育期，由于生理和心理的发展，容易产生各种各样的心理问题。渴望得到爱，也渴望给予爱，这些都是美好的，也是很正常的。问题在于你对自己的情形不了解，就给自己扣上了早恋的帽子。你自认为是不正常的，极力克制，但事与愿违，不仅无法淡化，反而更加铭刻于心，更生负疚感，在认识上形成了一个怪圈。异性青少年之间的交往大都属健康友谊型和害怕羞怯型，真正意义上的早恋很少，你现在正属于这种情况，切不可陷入无谓的自责中不能自拔，既影响学习，又不利于身心健康。"

2. 男女有别，亲疏有度。我告诉她："异性间正当的友谊当给以保护，不必遮遮掩掩，光明正大交往便是。但须记得'男女有别'，把握分寸，适度保持距离，注意场合，要拘小节，做到自尊自爱。"

3. 广交朋友，开阔心胸。我告诉她："不要把自己封闭在人际交往的框框内，一味地走进某一人或某一小范围，否则会导致交往过密，失去与学生群体接触的机会，无法体会到同学间的纯洁友谊，无益于共同进步。我们并不反对个别交往，但更应融入群体，广泛接触，广交朋友。"

4. 兴趣广泛，性格乐观。我告诉她："要培养广泛的兴趣爱好，积极参加丰富多彩的文体活动，善于调控自己的情绪，保持心理健康，积极乐观，坚守青春期的'心理防线'，树立远大的理想。"

5. 加强学习，完善自己。我告诉她："人的一生很有限，时间很宝贵，中学时代更是人生的黄金时期。只有抓住这黄金时期，努力学习，充实自己，人生才有意义。同时，把精力用在学习上了，自然而然地就不会再去想其他无关紧要的事了。"

说完这些话，她不好意思地笑了，我让她回去再好好想想。没承想，这方法还挺灵，她与他平静如水，又见到了她灿烂的微笑。

人类的心理成长发展过程不是一帆风顺的，尤其是中学生的心理，有时极易陷入"误区"，会产生不少的矛盾和斗争，引起心理不适应、情绪不协调，甚至发展成为精神障碍。作为教师，一定要学会做好学生的心理转化工作，宜疏不宜堵。

"一个痴迷电子产品的高中男孩的个案研究"诊疗报告

【原始案例】

F 同学，男生，17 岁，父母都是中学教师。进入高中以来，F 同学痴迷电子游戏，除了学校上课时间，回来一有空就玩；不爱学习，但也不完全抗拒。对于老师要求的"错题整理"，更是不屑一顾，没空做！

【主要问题】

高中学校有晚自习。

高一时，自说学习任务轻松，作业一会儿就能完成，晚自习很清闲；后因晚自习课讲话、睡觉、偷玩电子产品等，被学生会检查发现，记名，劝回家自习。

高二时，靠自觉管理不了自己，不再申请上晚自习。在家期间，不到一小时就"完成"作业，其余时间主要用来玩电子游戏，一边玩游戏一边聊天，父母曾半夜收缴多次电子产品。对父母的劝阻置若罔闻。言语态度粗暴，与父母对着干，有叛逆期典型特点。家庭关系紧张。

高三时，稍有紧迫感，主动申请晚自习。下了晚自习，回来以后就不再看书，不写作业，主要是玩电子产品、聊天。周六晚不做作业，坚持玩电子产品至凌晨；周日狂补作业，敷衍了事。

综合成绩最好时曾进入班级中等水平，大多数时候处于班级倒数位置。

浑浑噩噩的状态有点类似于"佛系青年"：无欲无求，得过且过！对他来说，管他什么高三呢，管他什么大学呢，管他什么未来呢！

【原因诊断】

1. 不良学习习惯：F 同学的家长因忙于工作，疏忽了孩子放学以后的教育，没有让 F 同学养成放学回来先做作业再放松的习惯。F 同学给人的印象是有点儿"赖"。

2. 厌学：F 同学虽然聪明，但不爱学习，不专心听讲，不认真写作业，能糊弄就糊弄。

3. 拖延：先乐起来再说，能拖一天是一天。

【转化措施】

1. 与家长沟通，进一步了解情况。找到其家庭教育的"失误点"，让家长自觉调整工作时间和状态，多陪伴孩子，帮助孩子进步。

2. 查找原因，F 同学过去知识漏洞太多，基础太差。要找寻措施，对其多辅导，为他打好基础。

3. 教师多关注 F 同学，并与其深谈，努力增强其紧迫感。

4. 制定电子产品使用原则，每天晚自习回来后可以玩一小时左右，睡觉前必须上交，以保证第二天上课时的状态。

【实施情况和效果反馈】

1. 家长多陪伴并亲自辅导。家长本是语文教师，长期从事初、高中语文教育教学，有丰富教学经验。家长针对一段时间以来孩子考试中出现的问题进行了归类梳理，连续多次进行作文、阅读、基础知识的分类辅导，一段时间以后，F 同学的语文成绩有了较为明显的进步，不再惧怕作文和答题了，成绩也从原先的七八十分变成 100 分左右，F 同学信心大涨。

2. 将其座位调整到前排，上课时教师多关注 F 同学，并通过眼神传递、敲击桌子、作业评语等方式表明教师对其的关注度。每隔一段时间，集中某些问题与其深谈，指出其进步所在，鼓励其后期要抓紧时间、多努力，把更多的时间和精力放在学科学习中去。

3. 电子产品每天玩一小时基本能做到，但周六仍然控制不住。

4. 父母坚持"忍"，控制自己的情绪，照顾好其饮食起居；多温和提醒，尽量不与其发生正面冲突。家长与孩子关系渐趋缓和、融洽。

5. 不久前，F 同学似乎有所开窍，晚自习回来后开始写作业了，玩电子产品时间已少于平常。

【延续工作】

1. 家长降低期望值，根据其具体学习状况，暂定目标为每门及格，完成目标后及时给予肯定。

2. 通过查漏补缺，打牢基础，进一步帮助其树立信心。

3. 进一步关心孩子的饮食起居和学习成绩，尽力提供帮助。

我想活成您的样子

"我想活成您的样子"，这句话是我的学生——高同学对我说的。

高中临近毕业，在最后一篇周记中，孩子不自觉地写出了想对我说的话，虽说不乏溢美之嫌，可是能看到这样的文字，比起在我执教过程中曾经见到的其他种种夸赞，更令我开心。

由此让我想起了曾经常听的一首歌——《长大后，我就成了你》，想起了大学老师徐光萍先生。一直以来我都特别坚信，人和人之间是相互影响的。回顾我自身的成长，离不开我所经历的人和事。远有"生命中的那些摆渡者"，他们教我如何跨过长河、越过台阶；近有 3 月底和我一道访美的南京的两位"姐姐"，她们那种热爱人生、尊重他人、享受生活的态度，以及深入骨子里的修养，给我留下了深刻的印象。

作为一名语文教师，我想通过每一节课、每一篇作文、每一件小事引导孩子们的思维和判断；作为家长，我想身体力行，通过每一个事件的选择和每一个现象的分析，让孩子明辨是非，树立正确的三观；作为同事，我喜欢和他们饭后散步，闲聊人生，学会多元思维和包容的心态，彼此促进成长。

曾经有同事与我闲聊时开玩笑说："怎么没有早点认识你！"去年，结束了叛逆期的儿子发微信给我："老妈，你是最棒的！"今年有即将毕业的娃娃说："我想活成您的样子!"

我想说："有生若此，夫复何求!"

但愿今后有更多的孩子由衷地对老师说："老师，我想活成您的样子!"

附全文，以纪念。

赠予张培芳老师：

您陆陆续续教了我们两年，可能不到两年。但您的课总是那么生动、活泼。您讲您的生活、所见所感，幽默的话语时常引得同学们兴趣横生。因为您，我喜欢上了古诗。也不知道为什么，觉得您若出生在古代，必定是一位女中豪杰。您豁达、开朗，有时稍带一种"皮"的感觉，总觉得与您相处很自在。有时，您"垆边人似月，皓腕凝霜雪"，有时"气质美如兰，才华馥比仙"，太多适合您的诗句，无法一一说明。

临近毕业，我想活成您的样子，乐观、开心地度过每一天，也愿您能日日开心，诸事顺利，忙了就多找时间休息。当老师挺辛苦的，您也时常公务繁忙。仪式感和幸福感在您身上可以体现出来。

有太多想说，只是话到嘴边又无法开口。

愿您永远年轻！

2019 年 4 月 15 日 18：33

三

亲
友
篇

别了，2018！

不是每一年都会激起我动笔总结的欲望，2018 不一样！她曾经那么从容，向我款款而来，我内心充满了焦虑、紧张和不安；如今她步态依然优雅，我伫立一边，凝望她渐行渐远的背影，内心坦然，依依不舍。可谓"回首向来萧瑟处，归去，也无风雨也无晴"。回首 2018，我心潮起伏。

"黄金时代"

进入高中以后，受中考 1 分之差的刺激，儿子奋发了一阵子，随后就一直浑浑噩噩，我们为此焦头烂额：深感作为教育者的失败，束手无策！

就在去年的这个时候吧，一向浑浑噩噩的儿子突然开窍了：老妈，我要奋发图强！然后，他在 QQ 动态里宣誓明志，接着就是一阵风一阵雨：买买买！买各种书，大的、小的、厚的、薄的，天天有快递。晚上回来随便吞几口饭，扒拉一会儿手机，然后就开始了紧张的学习。我想陪他，却多半是我先睡着了。常常是第二天早晨他告诉我，他学到了凌晨两点。

我语重心长地说："孩子，不能胡来啊！如此这般，导致第二天上课睡觉，会得不偿失的。"

他兴奋地安慰我说："没事！"他发现晚上学习四周静悄悄的，感觉很好，效率奇高，并且第二天上课他也精神十足，下课还问老师题目了。

我呵呵，心想：既然你难得有次"雅兴"，我就不多多阻挠了，一切以成绩说话，但愿你能坚持下去！果然，20 多天后的"大市一模"，儿子从较后的名次一跃到了中等水平，一下子前进了 20 多名，我有点儿兴奋。

知晓成绩的当天晚上，我抑制不住喜悦，左手一只木糠杯，右手一杯牛奶，送到娃跟前，一脸媚笑："宝贝，这次考得不错！努力见成效了。我把你的成绩告诉你肖阿姨她们了。她们都说凭你的聪明，再进步10名没问题。"儿子的肖阿姨她们曾经给娃单独辅导过，儿子服她们。得到肖阿姨她们的夸奖，我以为他会很开心，儿子却突然冻结住了笑容，食物含在嘴里，嘟囔着说："谁让你说的啊！万一我不想学了，不想用功了，咋办啊？"

我忍俊不禁，却也无语。果然，第二天还是第三天吧，他又开始了不碰书的日子，天天晚上拿手机。

我是一个包容性很强的人，也是一个有脾气的人。放学可以玩手机，但未满18周岁，需要保证睡眠，每天晚上睡觉前必须上交手机，超过晚上11点我就开始嘀咕，甩脸。终于在某个隆冬深夜，我们爆发了争吵。

——我凭什么要交手机！

——你不满18周岁，睡眠重要，健康重要。

——我的健康关你什么事！

——我是你的妈妈，法定监护人。

——谁说你是我妈妈？从你肚子里出来就是你儿子？笑话！我是学生物的，我什么都懂。我要去跟你做亲子鉴定。

——也行。明天？

——不。等我高考结束。

——哦，在亲子鉴定结果没出来之前，那你还是得听我的，我是你的法定监护人。

——我要离家出走！

——哦。现在我手头没钱。下次提前告诉我，我给你准备一点钱。

……

世界终于安静了，他没胜利，我也没胜利。他仍然不看书，晚上回来刷手机。果然，期末考试他立即现原形了，他又退回了原点。寒假里，他继续无动于衷。

开春了，开学了，一切都会好起来的吧。学校里邀父母参加成人礼，共同见证孩子的这一人生重要时刻，感恩励志的话语至今犹响耳边。当时有一个环节，家长孩子对站，闭眼，相互牵手30秒，彼此拥抱。我有点儿害羞，意思一下得了，却发现一向嘻嘻哈哈的儿子用力地握住了我的手，闭着眼说："别动，没到时间呢。"我被他的认真所感染。阳光照着儿子青春的脸庞，我的儿子熠熠生辉，如此帅气。时间到，他又用力地拥抱了我一下，我眼角濡湿。

后来，儿子偶尔也会跟我谈起他的理想学校，虽然换来换去，一降再降，可好歹也是有了一个目标吧。他每天都刷题，小册子不离手，钱阿姨送的一套适合教师用的参考书他也拿过去开始琢磨了，甚至还买来了高数微积分的书。儿子的成绩呢，也是忽上忽下，很不稳定。也许他曾想冲进前二十，可是却从没达到过。毕竟前面玩得太久了，毕竟大家都在往前冲。儿子耐力不足，5月份的时候，劲头明显不够，甚至有点儿懈怠，可好歹他还在勉强坚持，没有放弃。

6月，多雨，栀子花开得蓬蓬勃勃。高考结束了，儿子自觉不错，认为分数过一本线没问题。我却没有底，不太相信。中考时他的估分比实际高了40多分。哈哈，他就是这么乐观。

"这么跟你说吧，老妈，我已经在我的估分基础之上打了一个折扣，降了20分，保守估计340少不了的。"

真相很快揭晓。知道成绩时儿子一愣，随即大嚷道："怎么这么少？不可能！"

我唏嘘不已。他爸发来安慰："也算不错了，别难过，娃尽力就好。"

尽力就好，我也只能这么安慰自己，也打算安慰安慰坏小子！

谁知他游戏玩得正欢："老妈，其实我觉得自己考得还不错！虽然不理想，但还行吧！谁谁谁，你知道吗，比我还少。谁谁谁，也就那么一点儿。"

我再次呵呵。才1小时不到的时间，心态真好！最起码不用担心他会"出事"了。

考试是自己的事，填志愿就成了家长的事。儿子沉迷于游戏的空隙却不忘叮嘱我们："我要学计算机专业，金融专业也能接受，其余专业不上。确保本科，专科不读，也不复读。徐州不去，扬州不去，镇江不要，最好南京也不要。离你们越远越好！"

我咬牙切齿，恨不得把他一脚踢到国外去。越远越好？考试没本事，要求一大堆。

好在录取结果还不错，城市、学校和专业都差强人意。这一年的下半年，他如愿以偿，进入大学，远离江苏。

8月送他去学校的时候，我感受到了他的犹疑、彷徨、束手无策，还有急切渴盼独立的心情，然后就到了父母退场的时候。临走前，我给他买了一堆零食，他推得一干二净，"不要不要，你们路上吃，一个都不要"，边说边推，直到门外，"你们走吧，不要来看我"。

这以后，他开始了多姿多彩的生活：学生会，社团组织，健身，献血，聚会……偶尔考试得个满分还会在小群里嘚瑟一下。除了要钱，他几乎不和我们多说一句话。这一过程足足持续了一个多月，直到国庆返家时，惦记着阿姨送他的一张购物卡，不远万里拖了一个空箱子飞回来，又塞满了一箱零食回去。为了省自己的钱，他居然不嫌麻烦。这简直不是我所认识的"熊孩子"了。

到了最近两个月，也不知咋地，他又开始黏糊我们了，偶尔会主动要求视频，时不时地"敲"我们两个红包，晒晒自己的日常生活。开口必笑，龇牙咧嘴，即使跟他开玩笑，也不像高中时那样翻脸比翻书还快了，心态好了不少。

朋友说，大学三部曲，从疏远到亲近，再到疏远。进入第三阶段，孩子就开始真正地考虑并开始自己的学业和人生了。我知道，他终将疏离父母，渐行渐远。

2018，这一年他拥抱青春，释放自己的热情，他用自己的方式来理解这个世界，并尝试与这个世界沟通。无论他犯多少错，遭遇多少曲折，体验终究是他的，父母无可替代。人的一生，酸甜苦辣咸都应该尝试，该走的弯路一个也不能少。但愿他能从无数次失败中逐渐走向成功。年轻人，有的是改错的机会。这一年，是他的"黄金时代"。

"白银时代"

他的"黄金时代"我无法替代，但我不能束手无策，即便是做一名旁观者，也要在他成功时为他喝彩，在他失败时让他知道他还有我、我们。我要让孩子明白，这个家是他的坚强后盾，也是他的港湾，却不是温柔乡。

所以，这一年，他前一秒兴高采烈、眉飞色舞，后一秒暴风骤雨、山呼海啸。我接受并包容他的坏情绪。娃在学校有自己的伙伴，一副阳光灿烂的样子，跟老师关系似乎也不错，称喜爱的老师为"哥"。在高考的重压之下，他有了坏情绪，不能在家肆无忌惮地跟父母发泄，还能指望他跟谁发泄？让他把坏情绪都憋着、藏着，默默地消化掉？成年人也难以做到啊！同行苗校长说，这一年让娃保持愉快的心情比什么都重要。心情不好了，还能专心干什么事呢？

这一年，我接受了娃的批评，要像我妈那样，鞋子每天都得换，刷干净、吹干里面。还要跟着他不断变化的胃口学做早饭：煎牛排，炸鸡蛋，下面条，煮水饺，做煎饼，包寿司，做蛋炒饭，打五谷豆浆，冲奶粉，买蛋糕……即使手上脸上被油炸出了一个个水泡，即使一次又一次被否定，甚至做出的饭菜被称为"黑暗料理"，也不急不躁，不愠不火，毫不气馁，绞尽脑汁再接再厉。早餐要吃好，其余两餐都在学校进行，家长也爱莫能助。再备一些晚自习回来的水果，换着花样，投其所好，还要方便操作，不耽误时间。

这一年，作为一名教育者，我深刻感受到了同伴互助的温暖。在欠缺了太多知识点的儿子提出需要帮助时，我得到了各科同事们热情而无私的帮助。他们周末或夜晚给予孩子专题指导。儿子深有所获，对他们刮目，并开始重新认识他曾"不屑一顾"的妈妈。这才使我有机会重新研读高考试题，亲自辅导他的语文。

这一年，在学校每次遇到需要处理的抽烟、喝酒、打架的学生时，我总是坚持"孩子就是在试错、犯错、改正中成长起来的"想法。哪有不犯错的娃呢？

这一年，为了给孩子树立一个榜样，我也在不断学习和成长。

这一年，我继续执教单招高三，教授学生一篇篇文质兼美的文章时，我深深陶醉和深受启发。好文常读常新，带领学生重读《我所敬仰的蔡元培先生》时，里面有"于是，我又知道《论语》是这样读的"这一句，意思是读书和实践要结合起来。我茅塞顿开，开始广泛阅读，王小波、苏东坡、萧红，教谁的课文我就看谁的作品或者关于他的作品。一个文科生，我囫囵吞枣看了《时间简史》《生命简史》《未来简史》《人类极简史》，甚至还翻了几页《数学之美》。学了建筑上的《千篇一律和千变万化》一文，我弄来一本雅各布斯的《美国大城市的死与生》，了解城市规划街区布置的相关知识。此外，我还零碎阅读了一些与青春期和心理学相关的知识碎片，阅读了吴军的《大学之路》，了解美国名校的办学思路和理念，领悟教育的宗旨，并在自己的知识框架内与中国职业教育进行对比。所有的阅读旨在丰富自己的知识结构，帮助我更好地认识和了解这个世界。脚步不能达到的，阅读可以提供帮助。

这一年，我常想那个和我同时代的李皖为什么就能对音乐有如此好的领悟和解析能力呢？为什么我和他们的差距会这么大？然后我也会尝试听一点儿音乐，并写下一点儿文字。我还惊叹，朋友圈里的那些美景美图是怎么拍出来的。这一年，我见贤思齐，总想做点什么。

这一年，我欣赏每一个清晨和夜晚，以及旭日东升、夕阳满天。我绕金山湖看水天相接，融为一体；登高崇寺看千年银杏，一地金黄。我享受儿子每一个晚辅导的结束，清凉的夜晚，坐在儿子骑行的电动车的后座上，感受凉风习习，树影婆娑，灯光迷离。

这一年，我享受着每一个独处的时间，播放熟悉的或者不熟悉的歌曲，任凭它单曲循环；摊开一本《白夜行》《霍乱时期的爱情》，或者一本《读者》《人民教育》；捧着一杯浓醇的咖啡，或者一杯厚酽的普洱茶，或者一杯甜甜的蜂蜜水，又或者一杯淡淡的白开水。音乐在流淌，茶水在流淌，思绪在流淌，文字在流淌。我浸淫其中，譬如现在。

这一年，我去了新疆，亲身体验了民族一家亲。从昭苏到特克斯，站在自然遗产喀拉峻之上，眺望大峡谷。经那拉提，过花海，一路上山路崎岖，溪流潺潺，越过天山支脉，从南疆到北疆。看戈壁荒漠、土屋残垣，还有沟壑纵横的沙地、寸草不生的荒山。走了独库公路、沙漠公路，以及变着花样检查、测速的新疆高速公路，看天山大峡谷、大小龙池、瀑布、雪山、沙漠、隧道……领略了喀什的异域风情、博斯腾湖的广阔，品尝了吐鲁番的葡萄、库车分量足足的大盘鸡，体验了火焰山的热情，感受了赛里木湖的清澈纯净，惊叹果子沟大桥的壮丽，见证了霍尔果斯口岸的热闹，感叹钟槐哨所里退伍夫妻的坚守。我不但拓宽了视野，增长了见识，而且收获了家人在一起的其乐融融。我永远记得：房先生一路开车，连续多天都不用替换，一开就是十多个小时，我高兴得忘乎所以。

这一年，我被省厅派出，与一群优秀的校长一起前往徐州、宿迁进行德育视导。我感受了无锡张旭校长知性迷人的风采、海门徐忠校长独特的思维视角、灌云王涛校长全面周到的语言组织能力，还有常州陈玲校长的包容和李辉校长的睿智。我还有幸跟岗"济南三职专"李新校长实习了一周，领略了她忙而不乱的工作作风、温婉得体的对人态度。我还观摩了昆山一中专承办的大型德育活动，参与了常州高职院校承办的中华成语论坛，领悟了传统文化进校园的方式方法和作用。

感谢儿子，感谢 2018 年经历的所有的人和事。爱的时候不辜负人，玩的时候不辜负风景，一个人的时候不辜负自己。

这一年，我在成长。这是我的"白银时代"。

"青铜时代"

至于房先生的这一年：买"毛选"（《毛泽东选集》），读"毛选"，赞"毛选"；开会，写心得；走亲戚，访朋友；丈量土地；铲铲雪，割割草……感觉他活在过去，20 世纪 70 年代人们的生活主要就是这些内容吧。或者说他活在未来，像一个老者一样，读书、写文，重视亲情友情，过着特别接地气的生活。2018 年是房先生的"青铜时代"，其时房先生真真正正地活在当下。

"黑铁时代"

2018，鼎足而立，稳稳当当。一个人也有一个人的精彩。

愿 2018 所有的念念不忘，在 2019 或者不远的将来必有回响。

2019，也许是我们的"黑铁时代"。

——此时此刻，屋外的雪认真地下着，屋内的我认真地写着，就着暗黄的灯光和温暖的空调，还有热乎乎的被子。此情此景，慵懒是一件最诱惑人的事情。睡了……

一稿完成于 2018 年 12 月 31 日 2：00

二稿修订于 2019 年 1 月 1 日 0：44

我的奶奶

清明将至，即将回乡祭祖，尴尬的是奶奶的 90 岁生日就在清明当天。众晚辈打算齐聚武坚，欢乐一番。于是，不由得想说说我的奶奶。

少时

奶奶姓严，出生于一个农村家庭，家里兄弟姊妹很多，7 个？9 个？似乎还夭折了 2 个。奶奶上面有 2 个姐姐，2 个或者 3 个哥哥，下面还有几个妹妹。姐妹几个都有名字，叫 * 红，有排行，可见也是一个有讲究的大家庭。

在那样贫穷的年代里，这样的大家庭常举步维艰。奶奶的几个哥哥都很早就开始混迹于大上海，在码头上做事。奶奶的姐姐也不累赘家里，早早地出嫁。最小的一个妹妹被人抱养了，常驻浙江。

稍长

奶奶七八岁时就在家里干着洗衣煮饭的活，可家里一直是穷得揭不开锅，经常饿肚子。十二三岁的时候，奶奶经由自己已经出嫁的亲姐姐介绍来到了张家，我爷爷家。我奶奶的姐夫和爷爷是堂兄弟。

爷爷的母亲早逝，抛下了两个儿子，大的 8 岁，小的还走不稳路，一家三口需要有人照顾。爷爷家虽算不上富裕，可是有地自然就饿不着。据说东尖那里一大片土地都是张家的，那里还有张家的祖坟。小时候直到上大学回来以后，我还跟着爷爷到那里扫过墓。

那时候，奶奶不用下地，在屋里洗洗补补、做做饭就行。奶奶本以为有自己的姐姐相伴可以快乐一些，谁知姐姐也早逝，没有留下一儿半女。豆蔻之年的奶奶能快乐吗？

待稍稍懂事以后，我常在冬天的下午围坐在炉子边，或者是在夏日的午后坐在葡萄架下，和奶奶闲聊：这不就是童养媳嘛！奶奶眉头微蹙，低头不语，依然忙碌着手中的针线。

我真不懂事。

成婚

奶奶 18 岁，爷爷 16 岁，他俩成婚了。

5 个孩子陆续出生了，难以抚养。一场大火，房子没了，盖了土坯草屋……

幸运的是，在已经定居上海的太爷爷、二爷爷的资助下，后来一切都挺过来了，5 个子女陆续长大成家立业。

记忆中，太爷爷很少回乡。我在上海见过太爷爷，他很疼他的长孙媳妇（我妈妈），也很疼他的长房重孙（我弟弟），更疼他自己的一对双胞胎女儿，照片和眼神骗不了人。可惜没多久就传来了噩耗，太爷爷摔了一跤去世了。那年我 8 岁。

二爷爷心系故里，记挂着自己的"胞兄"（来往信件里他们都以"胞兄""胞弟"相称），所以常常回乡探访，后来更是定下了清明聚会的制度。奶奶和妈妈对他们也总是热情相待，竭尽所能：制被、铺床、烹茶、做菜。两位叔叔似乎挺喜欢奶奶早晨做的荷包蛋，二爷爷更喜爱深夜里麻将散场后的大米粥搭咸菜。有一年，二爷爷率妻儿外孙（女）一行多人回乡过年，声势浩大。那一年特别快乐，压岁钱也特别多，蛋糕更是特别好吃。闲话聊天中我也知道了许多陈年往事。

那些年，爸爸作为供销采购员总去南方，把上海作为自己的落脚点，经常叨扰他叔、他舅，每每喝起小酒就会说到当年婶娘、舅母她们是如何款待自己的。其实这种亲戚之间的良好互动关系何尝不得益于爷爷奶奶他们老一辈倾其所有构筑的和谐关系、融洽氛围？奶奶这样的妇女同志功不可没！

相守

奶奶有爱情吗？不得而知。

爷爷读过书，自称秀才；奶奶是文盲，大字不识几个。爷爷个子小，奶奶个子高大。爷爷任性，曾经把奶奶的名字改了又改，由原来的"来红"，经历"文革"后改成"干红"，改革开放以后又改成"淦红"，"淦"，正好和他的"范"字般配起来。爷爷还不太会干活，即使下地，也都是一些花拳绣腿的表面文章。但他俩却相守到了白头。

奶奶比爷爷大两岁，进入张家以后就一直像姐姐一样照顾着爷爷弟兄俩。奶奶说，她婆婆去世得早，公公也离得远，所以她对爷爷一直是包容的。

年轻时，爷爷帮生产队看场，几个坏蛋设计偷了粮食，却诬赖爷爷监守自盗。可惜爷爷是一个穷酸的迂夫子，除了无力地辩解几句，无法自证清白。在后来很长的一段日子里，他总是长吁短叹，愤恨不已。奶奶暗自陪他落泪。

近 60 岁的爷爷曾经为了补贴家用给人看门，不知道怎么回事，腿骨或者是尾椎骨断了。三垛医院骨科好，奶奶陪他去了一个多月。吃住睡都不方便，奶奶熬过来了，没有多打扰子女的生活。事后说起，却满眼含泪。

老年时，爷爷时而沉静不语，晒晒太阳；时而亢奋异常，逢人便聊，成了话痨。奶奶语重心长地对他说："别说了，精气神都被你说完了。精气神没了，你也就没了。活着不好吗？有儿有孙的。"说完眼泪鼻涕都出来了。爷爷也果真能安静一阵子。

可是，就这么说着说着，爷爷的精气神真没了。爷爷没了，死亡将他俩分开了。

子女

奶奶育有2个儿子、3个女儿，5个子女都是大个子。年少的奶奶是怎么做妈妈的、吃了多少苦，我不太清楚。但我知道，奶奶把她对子女的爱又都投射在孙子孙女身上了。

小姑刚结婚时，姑父还在部队，分居两地，小表弟又小，爷爷奶奶帮忙做饭、照看娃；小姑随军北上连云港，爷爷奶奶也跟着去帮衬。

儿女中年时纷纷下岗、外出谋生，爷爷奶奶守在家里，照顾孙辈，任劳任怨。那时候小堂妹还小，洗衣做饭、照顾饮食起居的都是奶奶。

我毕业回乡在学校工作，也跟着他们一起蹭饭。结婚生子后，70多岁的爷爷奶奶也替我看孩子：我去上课时，孩子交给他们。工作一两小时回来后，常常看到奶奶抱着娃坐在沙发上，爷爷则是跑腿的，被奶奶呼来喝去，倒水、冲奶、换尿布……奶奶的姿势都是不动的。奶奶说，她老了，抱不动，生怕一个闪失，把娃摔到。

每次回家，一见到孩子们老人家总是乐呵呵的，把省着的各种小零食拿给他们。

大抵天下的长辈都是这样的吧，爱得坦荡无私。

耄耋

后来奶奶跟小叔他们一起过，二姑离得近，经常过来照顾一下。不管是雨雪天还是阳光灿烂的日子，奶奶经常坐在沙发上打盹，或者躺坐在藤椅上，闭目养神。奶奶在想啥呢？她想念自己早逝的父母吗？想爷爷吗？想她的子孙吗？想过自己的一辈子吗？

清明时节雨纷纷，出生在清明节这一天的人会是怎样的命运呢？

奶奶这一辈子坎坷不平，小时候的贫穷、童养媳的遭遇、老伴的离世、一子一女先她而去，甚至早几年村里普查体检时怀疑患癌，都没能将她击垮。

今年的清明，奶奶90岁了！

清明节气，草长柳绿，万物生长，一切皆呈清澈明朗之态。苦尽甘来，奶奶您会福泽绵绵，有望期颐之寿的！

2018 年 4 月 5 日 21：38

生命中那些渡你一程的人

看过这样一篇博文——《有女生问专家，怎么解决对前男友的恨》。专家答："换个角度想，他可能是那个促成你离开故乡到大城市闯荡的原因。你取得今天的成就，可能是他不经意促成的，他即使不是陪你终老的人，也是你的命运派来渡你的人……"

何止是前男友，我们的生命中总有这样几个人，他们有意无意地渡了你一程。

该感恩的还是得感恩。

青葱岁月时，也曾有自己喜欢的男生，直觉对方也喜欢自己。高考前他常常随信附上几套资料题，勉励我好好学习，甚至要求我做好答案后寄给他。这种鼓励也算是用尽心思了。我呢，一个随随便便、嘻嘻哈哈的人，在这种鼓励之下，居然也开始变得用功起来，最终差强人意地进入了师专。这样，我想他应该是渡了我人生中的第一程。

进入大学，班长和团支书的工作关系让我和先生走得很近。遮遮掩掩、疙疙瘩瘩，最终毕业一年多后，我俩走进了婚姻殿堂。婚后我们先是两地分居，之后完成调动，终于在一起生活工作。所以先生应该算是第二个渡我一程的人。

2002年，事业单位跨市大调动，应该还是有一定难度的。没曾想，先生身为一个刚刚参加工作不久的外地人，不慌不忙、不紧不慢、不声不响地帮我完成了工作调动，让我开始不得不佩服他了。

除了生活上的相助，事业上先生对我也是有启蒙意义的。我们是大学同学，毕业后都教中学语文学科。刚刚工作不久，我听过他上了一节《三峡之秋》。正常教学之后，总结课文时，先生将一天之中不同时段的三峡分别比作一生中不同年龄阶段的女性，解读出了三峡别样的女性美。这是参考书里没有的东西，令我耳目一新。从此我对自己的语文课就有了新的要求：研读课文，认真思考，一定要读出自己的东西。

就是在这样的工作状态下，我认真备课、认真上课，得到了同行的认可，尤其是教研员的认可。当时的语文教研员是一位个子高大、有些威严的中年女性，现在我称她为刘姐。她也是我应聘镇江时的主要专家组成员。后来的几次推门听课，她也颇觉满意。刘姐说，在我身上，看到了自己当年的影子。

刘姐不光是专业上促进我上了新台阶，其实在做人的道理上，她也教会了我很多。我总觉得她是深刻理性的，宽容有爱的。在困惑难以抉择之时，我常去找刘姐帮助，她是我的人生导师。

2015年2月26日

近期学生管理工作中的几则案例与思考

案例一：某班主任请假，代理班主任严格管理，从学生迟到抓起。近一个月来，收效甚微。一日早读，某一宿舍4名住宿生我行我素，依旧迟到，站在教室门口喊报到。代理班主任很恼火，视作不见，却当着全班同学面口不择言："别给脸不要脸！"随后，该宿舍全体住宿生电话招来一群家长，围着代理班主任，认为老师不能文明用语，说话含沙射影，要求赔礼道歉，给个说法。

——为人师表者，须规范言行，注意教育的方式方法。

案例二：宿舍管理员晚上查房，发现某宿舍较为吵闹，一问得知她们正在搬宿舍，以为这是学生私自行动，遂制止。学生不服，认为这是执行班主任老师的要求，坚持搬宿舍。一方制止，一方要搬，遂产生了口舌之争。管理员情急之下说了一句脏话，被学生围攻，电话告知家长，家长要求当面道歉。

——校园里的服务人员、后勤管理者理当服务育人、管理育人，须文明用语，有错就道歉。总务部门有必要再次组织相关人员分类、分组进行岗位管理的相关培训。

案例三：学校里中职生放学时间 16：05，约 17：30 时校园内一女生神情沮丧，踽踽独行。

我是分管学生工作的副校长，生怕有校园欺凌事件发生，上前询问："怎么了你？好像不开心啊！有什么事跟我讲一讲，我是学校副校长。"

孩子面色通红，紧张的表情终于绷不住了，泪如雨下："我因为今天中午没有去球场观看本班的篮球比赛，在教室内睡觉，被学生会检查人员发现扣分了。系部主任和班主任找我训话一顿，写检讨到现在。"

我问："你检讨书会写吗？怎么写的？"

孩子擦了擦眼泪："我先写了事情的经过，再写了我的错误，分析了原因，并保证我以后不会这样了。"

我继续引导："不错啊！写作思路是对的，你语文应该学得很不错。再接再厉。以后中午有集体活动不能参加的，要提前跟老师请好假哦！不要多想了！放学了就应该开开心心的。如果有什么不开心或者受委屈的事跟我说，这是我的电话号码。"

我们彼此交换了电话号码，孩子神情放松了不少！

——作家王蒙在《语言的功能》里认为：语言文字还有一种审美的功能，通过语言审美，可以适当地间离情感，对负面情感进行"无害化"处理，使不能承受的东西变得比较能承受。（顾左右而言他）

——教师找学生谈话，务必使学生满脸轻松地离开；如不能做到，务必请家长来接，确保孩子离开你时是安全的。

案例四：某班主任周五早晨在校门口看到本班同学（多次违纪，已有处分在身）低头玩手机，早读课时班级其他学生都按要求交手机给班主任保管，该生没有交。大课间时，班主任看他书包耷拉着：会不会是手机？走近一看：一包香烟赫然在目，手机也在其中。按照校纪校规，学生不得抽烟（含不得带香烟到校），综合部学生到校后必须上交手机。于是班主任和其家长电话联系，要求到校处理，电话里家长态度配合。到校后家长则一反常态，认为班主任私自翻书包行为不当，要求追究班主任责任，否则将会在网络发帖、打电话；或者互不追究。班主任着急，不知该怎么办。

——一码归一码。班主任可以道歉，当着学生及家长的面道歉，当着班级或学校全体师生道歉，可以各种道歉，但必须完整、清晰地讲述事实，包括原因、经过和结果。本着教育的原则，对学生的过错则必须依据承诺书和相关条例予以追究。班主任照做。据了解，过了周末，即下一个周一时，家长态度缓和了下来，学生处分也已公示。后期该生表现明显好转。

2023 年 4 月 7 日

流水　落花

——重游甸垛中学

正月的某个雨后清晨，我因为一个偶然的缘故，顺路探访了记忆中的母校——高邮市甸垛中学。虽说早在 2014 年的 10 月 2 日的 20 年聚会时，我已经在匆忙中"回过"一次母校，但心中总觉得太匆匆，只是简单寒暄之后又立即赶往了下一个集合地点，没能充分游览故地，甚是遗憾。今日得以空闲，只想再去一饱眼福。

与先生驱车同往母校，一路上叽叽喳喳，甚是兴奋。虽然因为小镇发展变化很大，我记忆又发生偏差，路上有了一番曲折，但还算是准确到达了轻易不能发现的母校门前。可是定睛一看，现实中的母校和记忆中的母校变化竟如此之大！

不禁感叹——

流水落花春去也，天上人间！

从大门说起

记忆中的学校大门是铁栅栏式的，上面齐整整地竖着尖尖的头，旁边开着一扇小门。传达室里住着一对年轻的夫妻带着一个小女孩。他们开着一爿小店，大概是以此贴补生计吧！总觉得男人非常疼爱自己的女人，因为女人每天可以睡得很迟，起早开门的一些杂事自然是交给男人去做了！

日上三竿以后，女人从容地趿着拖鞋，披散着头发，端着痰盂从教室门前走过。教室内的我则经常思绪乱飞，目光游离，透过门或者窗户看到这一场景，甚是羡慕。而我后面的一个坏小子则不屑地说："日复一日，年复一年，这样的生活无异于等死。"我很惊诧于他的说法，瞪了他一眼，总觉得他的说法过于尖酸刻薄。坏小子丝毫不客气，继续深沉："活着不是为了等死？"虽然不满意坏小子的说法，但我总觉得他说得还是在理的，以至于我在后来的学习生活中经常能想起这句话。它给了我无尽的力量，我也经常用它来教育我的学生。可是谁又能告诉我，活着不是为了等死，那究竟是为了什么呢？是为了奋斗？为了明天？为了父母、亲人？为了实现自我的人生价值？……这个问题我在不同的阶段给过不同的答案。恐怕我一生也难以给出一个自我满意的答案了。

现在的老大门，如今已封闭不用，外面堆满了废弃物，甚至成了野猫、野狗的栖息地。当初的传达室对外开了一个门洞，里面装满了垃圾，显然这里已经成为垃圾房。

现在的新大门，虽说是豪华了，现代化了，可是却少了记忆中的敦实与厚重。这样的大门与我的记忆距离竟是如此遥远……

校门口的主干道

记忆中的主干道是煤渣碎石子铺成的，而现在，曾经的主干道已经废弃不用，但依然存在，是历时已久的水泥路面。因为旧大门已经堵死了。路两旁葱郁成荫的大树呢？

操场

主干道的左边是操场。那时的操场很简单，一块椭圆形状、还算平整的黄土地而已，土地上自然会零星地长着些许小草。一有空闲，总有爱踢球的同学在那里释放着自己的激情。都说女生爱看球，我看未必。记忆中没有几个女生爱去围观的，也许是因为高中女生很少的缘故吧！也许是她们不好意思吧！

在那片操场上，我还参加过一次运动会，100 米，200 米，4×100 米接力；还参加过一次广播操比赛，我是领操员。其实在如今的学校里我也经常和学生一起做操，每有教职工广播操比赛，我也总能被推选，因为我动作很到位。记得我的老师说过，做得好也是做，做得差也是做，为什么不做好一点呢？

现在的操场呢，都是标准的塑胶跑道，已经没有了我熟悉的身影。

教室

1班还是2班？总是搞不清自己是哪个班的。现在记得了：我是2班的。因为聚会时有同学跟我说："我不一般（班）！"那自然就是2班的。2班的教室在哪里我还清楚地记得。

上次我曾在群里问过一句：谁是咱班的学霸？——我认为应该是胡同学吧！他成绩好，还特爱学习，中午看书写作业，下课看书写作业，就连体育课，别人都去操场了，他还是看书写作业！学霸就是这么炼成的！

女学霸应该是阿凤！至少我是这么想的。

我的同桌先后有蔡同学、李同学。都说蔡同学特别内向，其实那是假的，表象。她才擅长讲话呢，唠唠叨叨，喋喋不休，还特别爱唱歌，自娱自乐。李同学，是个好同志，貌美如花，跟我特别合拍。我们经常一起干"坏事"，上课讲话，吃东西，逃课……不知从哪儿传来过一句话，说王国培老师讲的，"李同学那么老实，都被她的同桌给带坏了"。我内疚啊！一直到现在都很内疚。

前排有阿凤、小莉莉。阿凤人缘特好，学习好，歌唱得好，乐于助人，大家都喜欢她，也爱逗她，可是她很爱生气哦。有时我会特别小心的。实在不行，就认个错呗。然后，然后就好了。莉莉是个小精灵，杨同学亲切地称她为"小不点"，她虽有反抗，却也能嬉笑着接受。别看她人虽然小，字却很大，很豪放。

我后排的同学换过一波又一波。我不太喜欢学理科，孙同学不太爱学文科，于是我们分工合作，他帮我做理科作业，我帮他做文科作业。阿杜，本来挺好，后来可犯嫌了，总是跟我吵架，有一次还差点干架！吴同学是阿杜的同桌，想当和事佬，却总是不公正，变相地帮助阿杜！邓同学，挺实在，兴致来时爱起哄。贾海宝，也叫贾宝玉吧！呵呵。分角色朗读时，我和贾同学有机会合作过，语文课一次，英语课一次。邓同学起的哄。杨同学是坐在我们后面时间比较长的一个。这家伙能说会道，博闻广见，还会看手相。生命线、爱情线、事业线，说得跟真的似的。后来，后来我将这项事业发展壮大，在大学里发挥特长，同学挨个排队找我看手相了！哈哈。

班上还有一些特殊的同学也能记得的，诸如一手好字的冯锐，热情的"二臭"……另有更多的同学多半已不清晰，经人提醒，方可记忆起来。

宿舍

我们的宿舍在哪里？教室的东面，有一溜房子，很整齐。从南往北，第一排是食堂，然后是女生宿舍，后面好几排房子都是男生宿舍。究竟是几排，我也不记得了。

宿舍与教室离得很近，只隔着一条甬道，我们自然爱往宿舍里跑。一下课就跑宿舍。去干吗？吃货的世界无法想象，尤其是住宿的时代。哈哈。

晚上，宿舍自然又成为"聊斋"。吹得天花乱坠，争得面红脖子粗。最热闹的一次是徐阿根的语文课。学习了《雷雨》之后，问周朴园对梅侍萍到底有没有真情。我的答案是有真情，只不过是在现实面前，他选择了利益而已。他可以为了利益牺牲自己的情感，是个非常自私的人。可惜我们的教学参考书认定他没有真情，因为他是一个虚伪的民族资本家。我很讨厌这样的定性。于是我每次教学这篇课文时，总是让学生尽情讨论这个议题，然后依次亮出我的观点、教学参考书的观点，告诉学生答卷时就答教学参考书的观点，但对于生活要勇于发表自己的观点。人活着不是为了等死，那就应该学会思考，不是吗？

食堂

民以食为天。食堂是"三点一线"生活中必不可少的一点。那时候食堂食物品种不算多，寥寥几样，却也已能解决我们的温饱问题。三两饭，两个肉圆，一份青菜足矣。肉圆很小的哦，是白水肉圆。那时要带米来换成粮票，每次从家里骑车带米回学校时都很麻烦，蛇皮袋总是会被自行车钢圈刮破，然后米就会漏下来。对一个女孩子来说这件事很烦人。后来，后来这件事我爸爸帮我很好地解决掉了，再也没有这样的烦恼了。嘿嘿。

小河

男女生宿舍旁边有一条小河，河真的很小，水面很静，却不干净，有杂物。还记得冬天抓人的故事吗？寒冷的冬天，水冰凉透骨。眼看着人就要抓住了，可是他居然跳进小河里，扑腾扑腾，爬到对岸，跑了，也许是小偷，也许是变态，据说喜欢偷女生的内衣呢。

小河的对面当时是一块草场。下午吃完晚饭，总有爱学习的男女生捧着书本到这里，坐在小河边，草垛旁，映着夕阳，读历史，背政治。我也不甘落后，曾经捧起书本，装模作样地背书。可是，我似乎总是不能完全集中注意力，总爱东张西望，或者是什么也不想。这种学习方式不适合我。于是乎我还是老老实实地待在教室里，做做自己想做的事。

校门口小路

记忆中的小路细细长长，总以为可以一直走下去，像流水那样，流过生命；却不曾想到竟如此之短！短得以至于二十年弹指而过。

初中和小学

曾经的高中和初中南北各自为政，中间一道围墙。现如今初中已全面占领高中的地盘，高中已经不复存在，即使是当初留下的那几排老旧校舍，也已经圈起来成为一道轻易不示于人的隐秘生活区。

而与我们一条马路之隔的小学，也已经淹没在繁华里，成为另一些机构的办公点。隐约记得小学出大门第一间是某同学的家，他的爸爸还是校长呢。现在的小学坐落在原先的初中部，门面焕然一新。

物是人非语还休。

无论是同学聚会，还是故地重游，看完这些文字，我想我们的感情多半是相似的：多想时光飞逝，回到那段青葱的岁月，无奈——

落花有意，流水无情。

我们回不去了！

再也回不去了！

可是我们多想再回到从前！

于是——

衍生了这么一个"群"。

世上多少的群衍生了，又灭亡了！

可是我们的群，它依然顽强地生存者，活着，

而且活得很好。

蓬勃、旺盛，有生命力。

争论，辩驳，提醒，插科，打诨，感慨，笑话……

在有些人看来无非都是些闲话、废话，无聊之语，无病呻吟……

可是正因为有着这样一群重情重义的人的存在，这个群才蓬勃，有生机。

群感谢你们——三剑客、臭、金总、邓局、大魏、小芳、雪飞、学霸、阿杜……

纵流水无情，然落花有意。

——友谊地久天长！

后记：正月初三去母校转了一圈，回来以后辗转反侧，写了点文字。初四，又赶赴母校补拍了一些图片。午夜梦回，信笔涂鸦，不能成文，聊表心迹。时已久远，必有误差。

2015 年 2 月 23 日凌晨

四

阅读篇

阅读，是一辈子的事

日前，看到将某一链接转发到微信朋友圈和三个群，可以参加免费收听《红楼梦》的读书会的信息。想到教材里出现的《林黛玉进贾府》和《栊翠庵品茶》我还一知半解，朋友圈里从不打广告的我，秒转进群后看了一下，果然，"蒋勋说红楼梦"引起了我的兴趣。

小时候，爸爸因为工作的原因，出差回来经常带一些读物，诸如《收获》《艳阳天》《红岩》，或者《乡土》《故事会》，以及《新民晚报》《羊城晚报》之类的。那时候虽然也爱看书，几乎翻遍了家里所有能见到的有字的报刊，但是就是没有《红楼梦》。

说来惭愧，后来读中学时也爱看书，上课偷偷看，琼瑶、岑凯伦的，金庸、梁羽生的，甚至在县城里自己还偷偷用零花钱买过，对《红楼梦》却只是翻一翻。没兴趣。

后来啊，大学里石复生老师写得一手好字，讲的《红楼梦》更是妙趣横生，使我心生一念，去图书馆借。无奈，只翻了几个章节。看不进。

再后来，我自己也教书了。在教课时，生怕被学生问倒，赶紧去翻翻。大部头著作，时间紧，琐事多，只得恶补各种参考书，百度各种读者评论。无奈。

东拼西凑的课堂貌似见多识广，马马虎虎还能说得过去。但毕竟是拾人牙慧，心中底气不足。遗憾。

近日，"蒋勋说红楼梦"我洗衣听，做饭听，扫地听，走路听，午休也听，接连三天多的时间我听了100讲（每讲25分钟左右），每次都迫不及待地想听下一回……

寒假要来了，我可以"无所事事"了。

我甚至在想，明年暑假对于阅读我可以"任性妄为"了。

阅读，跟自己的经历有关，跟彼时彼刻的心境有关。这是一辈子的事。

2018 年 1 月 30 日 20：52

救　赎

《钓鱼的男孩》。

这是一本书，作者是尼日利亚籍"80 后"旅美作家奇戈希·奥比奥玛。

从家长群中偶然得知，这是一部关于男孩子教育和成长的书。作为一个高二男孩子的母亲，孩子正面临小高考，状况颇为糟糕。焦灼的我网购了这本书，以及另一本《追风筝的人》。书到了，可是我却静不下心来阅读。

直到这次五一小长假，美美地睡了一天以后，我翻起了这本书。

20 世纪 90 年代的尼日利亚算不上富有，一个在阿库雷属于中产、在中央银行工作的父亲严厉地管教着自己的孩子，希望他的孩子们在生活的海洋里探索并取得成功，做有知识的人：飞行员、律师、医生、教授等。父亲甚至曾一度为自己的孩子设计好未来，让他们出国接受西方教育。未来是一块空白的画布，一切都有可能。

然而一纸调令，父亲到了另一个城市工作，留下了母亲和几个孩子在家。母亲一边坚持着对孩子的严格管束，一边迫于生计忙着摆摊赚钱。十几岁的娃精力充沛，放学后弟兄四人和邻居们就开始踢球玩耍，由于总闯祸，后来就改为钓鱼。奥米-阿拉河是摇篮河，曾被奉为神祇，后来被视作邪恶之地，因为被玷污了。当地人民视之为不祥之地，政府也下令禁足。

疯子阿布鲁居住在河边，他不但能预见未来，还能窥知过去。孩子们钓鱼时遇到了阿布鲁，他预言大哥终将被他的兄弟所杀，原本快乐团结的兄弟有了嫌隙。老大老二相互猜忌，最终互殴，老大被杀，老二投井自杀。老三顿悟：一切都是疯子的预言所致。于是伙同老四报仇，最终用鱼钩作为武器，将疯子杀死。老三外逃遁祸，不知所踪，老四留下来坐了 8 年牢。

且不说疯子的预言为何会成真（也许是心理学上的自我暗示作用吧），我倒是为这些孩子的最终结局唏嘘不已。成长的路上，他们有父母的管教，有亲情互助，却在本应该吸取知识、享受青春的年岁里生命之花早早凋谢，没能绽放。谁之过？

庭审时，在只有 10 岁的老四面前，父亲肯定他是一个"男子汉"，现在是，将来也是。

我想，亲情胜过一切，父亲还是认可孩子们这种精神上的成长的！在教育孩子的问题上，他并没有失败！

这是一个令人伤痛却终获救赎的故事。其实，教育孩子的过程也是双方成长的过程。

家长要知道：精神上的成长要远比知识上的积累重要得多！

家长要知道：99%的孩子是平凡的，那剩下的凤毛麟角凭什么就该是您的孩子？

家长要知道：人生没有完美的。

家长要知道：该来的终归要来。

家长要知道：平安是福，平凡没有什么不好。

……

——放过孩子，相互谅解；坦然接受，不烦不躁。

2017 年 5 月 1 日 11：48

学几招，"治未病"！

—— 《崩溃：关于即将来临的失控时代的生存法则》读后感

《崩溃：关于即将来临的失控时代的生存法则》，这是一部译著。

从题目看，关键词可以概括为两个：一个是事故，就是"崩溃"

"失控"；一个是办法，即"生存法则"。

文中列举了许多已经发生的事故，包括 20 世纪 70 年代美国宾夕法尼亚州三哩岛核事故、2012 年英国伦敦星巴克在社交媒体上的公关危机、华尔街大崩盘、墨西哥湾深水地平线钻井平台石油泄漏、英国偏远小城镇邮局中发生的离奇丑闻，以及黑客攻击无人驾驶汽车、自动柜员机事故等，涉及商业、科技、金融、生活的方方面面。

细究这些事故的发生，可以发现，每一个重大事故的起因都是小事，如供水系统中一个卡住的阀门、模棱两可的指示灯，或者是以离奇方式出现的许多小灾小难的组合……这一个个小错误像多米诺骨牌一样，迅速扩散。微小的差错可以造成极大的伤害，转而系统崩溃，甚至最初的导火索与结果完全风马牛不相及。这让我想起了近期美国黑人弗洛伊德被警察跪杀事件，其影响在美国乃至世界范围内不断蔓延，引起了广泛的种族与特权争论。谁敢说这不是亚马逊丛林中一只蝴蝶的翅膀呢？

作者主要运用了培洛理论来解释原因：系统的复杂性和紧密耦合。高复杂度使得人们无法发现系统运行的真实情况，很难把握关键节点，很难确保不犯错或少犯错；紧密耦合极度压缩了解决问题避免灾难的时间、空间和资源，从而使得系统容错率降低、张力缺失。

怎么做呢？

首先，要学会风险防范。我们驾驶汽车系上安全带是因为我们知道有可能发生某种无法预见的事件。我们准备节日大餐邀请客人，会为自己留下时间余地，因为我们知道可能会发生意料之外的事。预测、预估是排除风险的有效办法之一，可以在演练中发现问题并解决问题，如学校的各种安全疏散演练。然而，很多预防性的策略、措施，人们需要有足够的远见才能认同！

其次，要学会化繁为简。当今世界越来越复杂，大数据、人工智能、统计物理等多学科交叉综合，生活其中的人们须形成商业、科学与生活的新思维。针对某个枢纽节点的攻击，就可能是致命的，整个系统有可能因此而崩溃。挖墙脚——找到并挖掉大厦下半部分的某个关节点，继而整个大厦倾倒，说的就是这个道理。

再其次，要学会团队合作。我们虽然无法单纯地思考复杂系统存在的问题，但是在问题爆发之初、系统崩溃之前，会发出警告信号。这些信号本身会给我们一些线索，我们可以冷静思考，综合利用团队力量，并根据这些线索来解决它们的问题。优秀的团队可以相互补充，特别是知识和技能的补充，毕竟要想凭一己之力战胜强大而复杂的系统太难了！

最后，要学会做旁观者。当局者迷，跳出圈子，才有可能看到事物全貌。如此看来，一辈子从事某一个职业未必是一件好事，因为视野太窄。其实即使跳不出圈子，也可以借助技术的力量打开世界的一扇扇窗，而不能让自己太安逸。近期我胡乱看了一些社科类书籍，其实就是想"跳出教育看教育"，给自己一个不一样的视野。

题目中还有一个词——"即将来临"，或许是一种乐观，或许是一种安慰。

至于"生存法则"，知未必易，行却更难，更罔论这种"治未病"的措施若是动了他人的奶酪，将会受到多大的阻力！

2020 年 6 月 28 日

读书人总该饱含深情地凝望这个世界
——《世纪的哭泣》读后感

《世纪的哭泣》，这不是一部小说，而是一部纪实作品。

近 2000 页的电子书，我看得很艰难，断断续续，前后长达两个月之久。由于中外文字表述方式的不同，还有众多人名、地名、机构名称的困扰，部分使人不舒服的话题——卡波西肉瘤、弓形虫病、肺囊虫肺炎等，以及多头绪并进、没有中心情节、类似于老舍《茶馆》的"一个人出场带动一个情节的推进"的叙述结构，感觉一片混乱，阅读近 1/3 仍然不得要领。

阅读接近一半时方知作者表述意图：这是一部以艾滋病的发现、研究、处置为中心事件的纪实文学，涉及空乘、酒保、农业工程师、社会工作人员等，揭示了20世纪80年代美国同性恋现状、各大疾病研究中心研究情况、政府一波三折的决策等内容。这些描述紧张而生动，是展现美国社会年轻人生活、大学研究机构的管理模式、政府应对及处理危机的方式的大型西方社会生活画卷。

看着看着，不觉就感叹起来！

关于你不理解的

这么多年，日益发现自己囿于校园，近乎于社会"小白"。除了能应付考试的那几个答题套路，对很多事情一无所知。

即使是工作的需要，对学生进行禁毒防艾教育，也仅仅停留在严防血液传播和精液传播的层面，我甚至不知道艾滋病和同性恋的关系。最近刚刚知道，5月17日是"国际不再恐同日"。

以前对艾滋病没有概念，对同性恋则一直持敬而远之的态度，认为不伤害别人无可厚非。我不明白为什么社会上一些人会鄙视同性恋，通过阅读才明白，人们鄙视的是其中一些同性恋的种种行为：吸毒、纵欲、滥交、奢靡、淫逸……作者探究，也许是他们找不到自己想要的生活，转而追求生理刺激。

这种"鄙视"，或许是来源于"了解"。因为了解他们的生存状态，因而产生鄙视的态度。了解不是理解，毕竟经历不同，立场不同，谁也不能感同身受谁。

你理解或不理解的，它都在那儿，不管不顾。一个人应该有更大的包容心态去看待世界，可以认同它、接受它，也可以敬而远之。

换个说法，也许这就叫认知的"多元化"。

关于人性

人性不好说。"人之初，性本善"或"人之初，性本恶"，或无善无恶，或有善有恶，自古一直有争论，各有道理。狭义上的人性是指人的本质心理属性，是人区别于其他动物的属性；广义上的人性是指人普遍具有的心态。现代西方心理学则有本能论、反本能论、似本能论三种学说。马斯洛认为，人性是人的全部属性的总括，似本能需要是人性的集中表现。

艾滋病发生之初，大家都认为与自己无关——没有人愿意关闭浴场，没有人愿意牺牲"自由"，没有人愿意多花钱做研究——但疾病真正来临时，人们只有无助，最后落个全盘皆输的局面。

几十年过去了，从2020年的新冠疫情处置上来看，美国在流行病爆发和控制方面依然短视、低效。历史总是在重复，人们会好了伤疤忘了痛，因为人类是历史更替中的人类，人性未变。

尤瓦尔·赫拉利在《人类简史》中反复提及的"智人"的"智"，在历史的长河中总是表现为对个人或集团利益的争取。人们的所作所为总是体现着自己的利益，总是心怀侥幸，以为厄运不会降临到自己身上。

我想，趋利避害应该是人的本性，或者叫人的"本能"。这种行为本该无可厚非，但若是给他人带来麻烦，损害了他人利益甚至是生命，恐怕就要不得了！

所以，我们还是要克服极度追求个人利益的人性，倡导人类利益至上，毕竟我们是"命运共同体"！

关于勇士

所有的历史无疑都可以包含勇敢赤诚之士的传记。作者在以大量事实刻画人类的懦弱、绝望、自私、贪婪的同时，也以精彩的细节呈现了人类在面对死亡危机时的勇气、进取、无私、悲悯。从吹哨人到呼吁者，再到宣传、决策者，无疑都需要有惊人的勇气。

在美国和欧洲的一些研究中心，孤立无援的科学家团队冒着失去声誉乃至工作的危险，成为早期艾滋病研究的拓荒者。一些医生和护士对感染者的看护远远超越了职责的要求，一部分公共卫生官员拼尽全力争取疫情得到妥善处置。少数同性恋团体的领袖力排众议，极力主张同性恋团体对这种疾病做出明智的应对，并游说议员为研究提供一笔关键的资金。还有许多艾滋病感染者与排斥、恐惧、孤立，以及自身的致命预后抗争，以帮助公众了解病情、关心病情。

——他们是各有其使命的英雄。

唯利是图之处亦有勇气在。

关于成功

在阅读这本书之前，我刚刚对《曾国藩》产生过兴趣：一个人想要取得成功太难了！一个结果是由太多因素决定的，好多因素是你不知道的，更不是你能控制得了的，尤其是在想要取得社会学意义上的成功时！

社会是一个群体。从长远来看，一个人要想获得成功，特别是要完成一件特别复杂的事，他不仅需要自身有知识、才干、品质等能力和素养，他还需要钱，需要团队，需要机遇，需要时间。这些还不能简单地相加，要有机地融合在一起。

艾滋病的发生是一个公共卫生事件。在这个"公共"群体里，成员有个性，有冲突，在认知上存在着多元化。社会各界对这场公共卫生危机的态度展露了社会各方面的远见和愚蠢，以及天真和无知。

成事不容易！艾滋病最初出现在生物学领域时，可防可控，因为浴场老板、血液中心、研究机构等多半以自己的利益为中心，决策一再延宕，坐失良机。当美国人普遍注意到这种疾病时，已经来不及采取行动了。

成事难，可是再难也有办成的呀！就像是新冠疫情，发现得早，措施果断得力，就能有效控制疫情的蔓延。决策者的态度决定出现不同的情形！

关于影响力

有时人要克服很多的私欲，十分地努力，但事情很可能仍毫无起色。而就在你极力奔波快要绝望时，也许成功就来了。

1985年10月2日，电影明星洛克·赫德森去世的那个早晨，一个词在西方世界开始家喻户晓——艾滋病。他的病情诊断将美国历史分为艾滋前时代与艾滋后时代，这就是明星效应。

有时，个人言行只有有足够的影响力，才会被大众关注并接受。

至于如何让自己变得具备影响力，这不是一个小目标。作为一个有追求的人来说，让自己在行业内或一定范围内拥有一定的话语权，恐怕更现实。

我想，读书人总该饱含深情地凝望这个世界，知道它有许多美好，更知道它有许多不足甚至是缺陷。那个时候你一定还要爱着它，满怀公平、正义、善良和真诚，并竭尽一己之力维持或促进着周遭环境的净化！

因为，我们期待世界会更好！

2020 年 7 月 6 日

中职教育，必须坚定、坚强、坚韧

——中职视角下的《国家职业教育改革实施方案》学习体会

2019 年 1 月 14 日，国务院印发了《国家职业教育改革实施方案》（以下简称《方案》），其中指出，职业教育与普通教育具有同等重要的地位。改革开放以来，职业教育的重要地位和作用越来越凸显，没有职业教育现代化，就没有教育现代化。同时《方案》也指出，我国职业教育还存在着体系建设不够完善、职业技能实训基地建设有待加强、制度标准不够健全、企业参与办学的动力不足、有利于技术技能人才成长的配套政策尚待完善、办学和人才培养质量水平参差不齐等问题。

《方案》明确了职业教育的总体要求与目标——培养高素质劳动者和技术技能人才，为促进经济社会发展和提高国家竞争力提供优质人才资源支撑。其中的具体目标为——到 2022 年建设 50 所高水平高等职业学校和 150 个骨干专业（群），建成中国职业教育标准体系，打造一批优秀职业教育培训评价组织，推动建设 300 个高水平专业化产教融合基地，"双师型"教师占专业课教师总数超过一半，2019 年启动 "1+X" 证书制度。《方案》目标明确宏伟，内容具体而微，多系统多部门一起发力，具有一定的操作性。

《方案》针对问题，从完善国家职业教育体系、构建职业教育国家标准、促进产教融合校企"双元"育人、建设多元办学格局、完善技术技能人才保障政策等方面，对职业教育全方位地提出了 20 条改革设想。

审读《方案》不难发现："方案直面问题，突出问题导向，从问题根源着手，从核心环节发力，以国际视野准确定位，以体制机制为支点，从根基上撬动未来一个时期职业教育的发展大局。"（刘景忠文）

方案甫出，职校欢腾。校长们摩拳擦掌，跃跃欲试，江苏省昆山第一中专刘勇校长感慨：春风已至，机遇与挑战并存！

然而，冷静下来仔细琢磨：中职学校的春天真的到了吗？

首先，从总目标来看，"培养高素质劳动者和技术技能人才，为促进经济社会发展和提高国家竞争力提供优质人才资源支撑"中的"高素质"和"优质"的定义是什么？这是两个很模糊、很难具体量化的词。结合《方案》中的具体目标来看，"高素质劳动者""优质人才资源"应该是符合"具有国际先进水平的中国职业教育标准体系"的、拥有 "1+X" 证书制度的技术技能人才。

"1+X" 是指"学历证书+若干职业技能等级证书"。学历自然是越高越好，中职学校有资格颁发的中专、中技学历证书恐怕不在"高素质""优质"之列吧！至于技能等级，自然也是越高越好，"若干"则表明证书越多竞争力越强。

其次，从具体措施来看，第一部分"完善国家职业教育制度体系"第二条即提出"提高中等职业教育发展水平"。如何提高？具体来说有以下几条：

1. 优化教育结构，把发展中等职业教育作为普及高中阶段教育和建设中国特色职业教育体系的重要基础，保持高中阶段教育职普比大体相当，使绝大多数城乡新增劳动力接受高中阶段教育。

改革开放以来的首份中等职业教育质量报告——《中等职业教育质量年度报告（2018）》认为，中职教育正经历发展提升中的战略性瓶颈期，压力巨大。其中第一条就是"中等职业教育基础地位出现动摇倾向"，指出一些地方对落实国家提出的"总体保持中职学校和普通高中招生规模大体相当"的要求态度不坚定，中等职业教育整体规模呈现下滑趋势，基础地位有被削弱的倾向。

态度不坚定其实就是对中职教育的基础性地位和重要作用认识不够，随之而来的政策带给中职学校的是生源不足，严重的话，有可能是毁灭性的打击。《方案》重提并确认"普职比大体相当"，对中职学校的发展给予了保障。

2. 改善中等职业学校基本办学条件。加强省级统筹，建好办好一批县域职教中心，重点支持集中连片特困地区，每个地区（市、州、盟）原则上至少建设一所符合当地经济社会发展和技术技能人才培养需要的中等职业学校。

近年来，中等职业教育经费保障力度不断加大，形成了以免学费、国家助学金为主、学校和社会资助及顶岗实习为补充的资助政策体系。一批项目引领推动中等职业教育基础能力建设，如高水平实训基地建设、现代化专业群建设、名师工作室建设、技能考点建设、示范专业建设、品牌专业建设、特色专业建设等。在中央财政增加财政性教育经费投入的同时，地方政府通过实施一系列重大项目推进中等职业教育基础能力的提升，改善基本办学条件。江苏省省级统筹已建好办好一批县域职教中心。

3. 指导各地优化中等职业学校布局结构，科学配置并做大做强职业教育资源。

江苏省已撤并一批中小型职业学校，建立县域职教中心，可算是"优化中等职业学校布局结构"的有力举措之一。

当前，"科学配置并做大做强职业教育资源"的首要工作应是不重复设置专业，以避免资源、设施设备的浪费。如镇江市内有镇江机电高职校、镇江市信息中专两所职业学校共同服务于地方经济，两所职业学校都设有"机电""计算机"专业，都有自己的机电设施设备和师资力量，完全可以将信息中专的机电专业合并给机电高职校，将机电高职校的计算机专业合并给信息中专，这样有利于镇江的机电和计算机专业做大做强。当然，统筹规划、科学配置的前提是市教育局要拥有这两所学校的管辖权，将信息中专从区属变为市属。

4. 加大对民族地区、贫困地区和残疾人职业教育的政策、金融支持力度，落实职业教育东西协作行动计划，办好内地少数民族中职班。

以镇江市为例，根据教育部的统一部署和江苏省教育厅的安排，从2017年起，镇江市与普洱市合作实施职业教育东西协作行动计划。到目前为止，共有来自云南普洱10个县、区的近600名建档立卡困难家庭的学生在我市5所四星级以上职业学校接受优质职业教育。

5. 完善招生机制，建立中等职业学校和普通高中统一招生平台，精准服务区域发展需求。

中等职业学校和普通高中不是统一招生平台，但是并在同一批次，往往是先普通高中再职校，先重点再一般，先高职再中职。中职排在末尾批次，往往没有生源。所以，招生时中职学校会坐不住。

6. 积极招收初、高中毕业未升学学生、退役军人、退役运动员、下岗职工、返乡农民工等接受中等职业教育；服务乡村振兴战略，为广大农村培养以新型职业农民为主体的农村实用人才。

开展社会服务，包括社会培训、技术服务、生产服务等，中等职业学校责无旁贷，必当全力以赴。

7. 发挥中等职业学校作用，帮助部分学业困难学生按规定在职业学校完成义务教育，并接受部分职业技能教育。

这一点似乎令人困惑：义务教育应该是在九年一贯制中小学里完成的，莫非九年义务教育完成不了，需要延长时间？

8. 鼓励中等职业学校联合中小学开展劳动和职业启蒙教育，将动手实践内容纳入中小学相关课程和学生综合素质评价。

我国职业启蒙教育严重欠缺。从儿童发展心理学和国外职业教育实践的最新进展来看，人在婴儿时期就具备进行职业启蒙教育的条件。幼儿园、小学、中学都要有目的地对学生进行职业启蒙教育和劳动教育。

通读《方案》，实际是对目前中职已经做好的、正在做的或即将做的都给予了肯定。日前，政府两会工作报告也把"职业教育"摆在前所未有的重要位置。高职院校的春天也许已经来临，而中职教育必须看清形势、看准道路，坚定、坚强、坚韧地走下去！

2019 年 3 月 15 日

烟花易冷

繁华声　遁入空门　折煞了世人
梦偏冷　辗转一生　情债又几本
如你默认　生死枯等
枯等一圈　又一圈的　年轮
浮图塔　断了几层　断了谁的魂
痛直奔　一盏残灯　倾塌的山门
容我再等　历史转身
等酒香醇　等你弹一曲古筝
雨纷纷　旧故里草木深
我听闻　你始终一个人
斑驳的城门　盘踞着老树根
石板上回荡的是　再等
雨纷纷　旧故里草木深
我听闻　你仍守着孤城
城郊牧笛声　落在那座野村

缘分落地生根是　我们

听青春　迎来笑声　美煞许多人

那史册　温柔不肯　下笔都太狠

烟花易冷　人事易分

而你在问　我是否还　认真

千年后　累世情深　还有谁在等

而青史　岂能不真　魏书洛阳城

如你在跟　前世过门

跟着红尘　跟随我　浪迹一生

雨纷纷　旧故里草木深

我听闻　你始终一个人

斑驳的城门　盘踞着老树根

石板上回荡的是　再等

雨纷纷　旧故里草木深

我听闻　你仍守着孤城

城郊牧笛声　落在那座野村

缘分落地生根是　我们

雨纷纷　旧故里草木深

我听闻　你始终一个人

斑驳的城门　盘踞着老树根

石板上回荡的是　再等

雨纷纷　雨纷纷　旧故里草木深

我听闻　我听闻　你仍守着孤城

城郊牧笛声　落在那座野村

缘分落地生根是　我们

缘分落地生根是　我们

伽蓝寺听雨声盼　永恒

初识这首歌，缘于客厅电视里正在直播的一档节目《我是歌手》。

歌词我很是陌生，只能依稀记得年轮、山门、古筝、老树根、雨纷纷、城郊、牧笛、野村、石板、回荡等字眼。原本从客厅穿梭而过打算取东西的我，居然被那高亢而华丽的声音所吸引。我定住了，一动不动。听着听着，我的眼泪簌簌落了下来……

我有多久没有流泪了？

距离上次的流泪，应该时日已久。最疼爱我的父亲去世时，也许是因为年轻吧，倔强的我眼泪含在眼眶里，没有流出来，只是后来偶尔一次两次在梦中思念父亲时会潸然泪下。2002年9月我初到镇江，当月父亲即检查出病灶，次年8月离我们而去。没有父亲的爱，我也一样可以好好地活着，顽强地活着，倔强地活着。身在他乡，我与先生相依为命，没有任何人可以依靠，只有靠自己。所以我们一直埋头工作，认真工作，努力工作。都说教师假期多，可我却忙，一直忙，早出晚归，备课、上课、写论文、开会、巡视、定制度、写方案、检查落实情况，还有各种上层文件的落实，各种创建迎检、总结汇报，各种培训和进修……我忙得没有时间听音乐，没有时间看电影，没有时间看教材教参以外的书，没有时间整理自己的心情，像一只蜗牛，没有时间抬头看自己的天，更别说流泪这样"奢侈"的行为。

可是，那天我听到这首歌以后流泪了，真真切切地流泪了。为什么呢？我陆陆续续多次跟先生讨论过这个话题，先生不喜欢这首歌，自然也无法理解我的"流泪"。

后来的日子里，只要一有空闲，我就打开音乐盒，沉浸在歌声里，整理着自己的思绪。"繁华声　遁入空门　折煞了世人……"

为进一步了解这首歌，我搜索了一下，得知这首歌所描述的是魏晋南北朝时期古都洛阳城中一名皇家将领与其所倾慕之女子间的凄美爱情故事。该将领因缘邂逅女子，一见钟情并且私订终身。后将领被朝廷征调至边境作战，在连年的兵荒马乱中，帝都洛阳已沦为废墟，残破不堪，女子苦守将领不遇后，最终落发为尼。待将领历经风霜归来寻至女子所出家的伽蓝古寺，她却早已过世。将领徘徊在伽蓝古寺的石板上，任凭细雨纷纷落下，回想这羡煞旁人的当年往事……

我想，我之所以流泪，也许是因为感慨于这故事的凄美。人世间有太多的不完美。你爱的人不爱你，爱你的人你却毫无感觉，自然令人无比遗憾。但若是两个相爱的人不能走到一起，则更是令人唏嘘不已，甚至是肝肠寸断。爱情的不完美，生活的不完美，事业的不完美，都会给人生留下遗憾。

或许我的流泪，是因为感动于人物的认真和执着。两人一见倾心，私订终身，即便是战火纷飞，长年无讯，亦坚守内心。苦等不遇，削发为尼，青灯常伴，忠贞不二。男子无奈，一纸调令，天各一方；老年归来，苦苦寻觅，沉浸过往。用一辈子来等一个人，世上能有几人做到？我似乎是不能做到的。

又或许我的流泪不是感慨，不是感动，而是一种感伤，因为如今许多人对待生活苟苟且且，对待爱情随随便便。近几年过年回老家，陆陆续续总是传来一些令人皱眉的消息。儿时的一些小伙伴，先是 A 离婚了，然后是 B 的老公闹绯闻、吵着离婚了，然后又是 C 再婚了，D 在外面又有人了……这世界怎么了？说好的白头偕老呢？还有令人向往的爱情吗？

"听青春　迎来笑声　羡煞许多人……"歌声低沉，带着思绪，回到从前。匆匆那年，我们欢笑在操场，嬉闹在教室，漫步在小路。旭日东升，捧读于田间；夕阳西下，记诵在河畔。清明时节，一群男男女女骑着自行车，叮叮当当、吱吱呀呀飞奔在公路上，欢声笑语传得很远很远。这哪里是"怀着沉重的心情"去扫墓啊？就是远游来的。也许我们还没老过，可谁没有年轻过？缱绻而美丽的青春我们都曾拥有，然而一眨眼，我们的青春何在？如今只是在别人的故事里流着自己的眼泪，在别人的青春里隐约看到自己的影子。

青春如烟花，绚烂之后，空余无尽的回忆。

"缘分落地生根是　我们""伽蓝寺听雨声盼　永恒"……任由低回缠绵的歌声在耳际回响。

似乎言犹未尽，他日再续。

2015 年 2 月 25 日 22：35

漂洋过海来看你

为你我用了半年的积蓄

漂洋过海地来看你

为了这次相聚

我连见面时的呼吸都曾反复练习

言语从来没能将我的情意表达千万分之一

为了这个遗憾

我在夜里想了又想不肯睡去

记忆它总是慢慢地累积

在我心中无法抹去

为了你的承诺

我在最绝望的时候都忍着不哭泣

陌生的城市啊

熟悉的角落里

也曾彼此安慰

也曾相拥叹息

不管将会面对什么样的结局

在漫天风沙里

望着你远去

我竟悲伤得不能自已

多盼能送君千里

直到山穷水尽

一生和你相依

　　这是一首歌，是由艺名叫"娃娃"的歌手金智娟演唱的。一定是一个有故事的人才能这样深情款款，娓娓道来。

事实果然如此。20年前，娃娃在香港认识了一名来自北京的舞蹈老师，坠入情网，开始了远距离恋爱。为了看一眼自己的爱人，娃娃必须从台湾先到香港，再从香港辗转到北京，可谓漂洋过海，大费周折。可是这段感情最后还是结束了，因为舞蹈老师已有妻儿。

"为你我用了半年的积蓄，漂洋过海地来看你。为了这次相聚，我连见面时的呼吸都曾反复练习……"为了见上一面，花钱、费力都无所谓。已经多久没见面了？有半年了吧？我该穿什么样的衣服？头发扎起来还是放下来？会拥抱吗？我一定会很紧张，气粗？不行，不雅！于是从见面时的呼吸开始训练。放松——放松——

"言语从来没能将我的情意表达千万分之一。为了这个遗憾，我在夜里想了又想不肯睡去……"见了面，该说些什么呢？别后相思？可是那相思的愁绪好比是"巴山夜雨涨秋池"，或是"一川烟草，满城飞絮，梅子黄时雨"，短短几天的会面，我又如何能全部表达？还是挑最要紧的话说吧！于是一个又一个深夜，我不想、不愿、不肯睡去。就这么倔强着，就这么清醒着，幻想和他见面时的每一个细节、说的每一句话。

"记忆它总是慢慢地累积，在我心中无法抹去。为了你的承诺，我在最绝望的时候都忍着不哭泣……"夜不能寐，往事历历，涌上心头。且不管恋人的承诺是什么，但一定是美好的吧！漫漫长夜，何时是个尽头？放手吗？心在滴血，嘴角却挂着倔强的微笑！

"陌生的城市啊，熟悉的角落里，也曾彼此安慰，也曾相拥叹息，不管将会面对什么样的结局……"恋上一个人，爱上一座城。因为有你，陌生的城市不再陌生。我在属于你的这座城里，移步于街头巷尾，仔细地寻找着你的气息。还记得街角的那个咖啡馆吗？轻柔的音乐，朦胧的灯光，苦涩的咖啡：我们的明天又在何方？

"在漫天风沙里，望着你远去，我竟悲伤得不能自已。多盼能送君千里，直到山穷水尽，一生和你相依……"眼睁睁地看着爱人的背影消失在风沙里，这一情景应该定格在春天吧！因为春天的北京风沙最为肆虐。春天本应是带给人希望的季节，可是伫立在风沙中的女人是多么地辛酸和无奈，甚至可以想象她泪流满面的情景。这个春天，女人的爱情之花在这漫天风沙中枯萎了。恋爱中的女人是傻傻的，因留恋和不舍，她竟然奢望送君一程又一程，然而男人却异常清醒：既然不能给你幸福，就不能给你希望，于是决绝而去，只留给她一个坚毅的背影！在爱的世界里，她唯一能做的只能是继续想象，幻想在一个山明水秀的地方，或是深山老林，或是天涯海角，和心爱的人相偎看日出，相依看日落，抬头看白云，俯首看流水。只要远离尘俗就好，只要和你在一起就好。

　　娃娃最终还是与恋人分手了。所以在歌曲的结尾，我们感觉到更多的是沉浸在爱情中的傻、无奈和悲伤。相关视频显示，娃娃几乎是全程睁着眼唱完这首歌的，尤其是最后"一生和你相依"一句，声音逐渐高亢，似乎是绝望中的呐喊。

　　而歌手刘明湘生活虽小有曲折，却还算是平坦顺畅。在演绎这首歌时，她的歌唱事业已起步、发展，有心爱的男友，甜甜蜜蜜。所以在舞台上，刘明湘眯着眼沉浸在回忆中，优雅恬静，低声低回，诉说甜蜜，完全是被幸福笼罩的女人。在结尾处，她做了自己的一点小处理，多了点转弯，多了点曲折，也是多了点幸福和调皮。此时此刻，歌手完全沉浸在自己营造的世界里了，唱出了一个甜蜜恋爱中的女人的心声。

　　一个是在热恋中失恋，一个是处在温情恋爱中。一个适合辗转难眠时听，可深夜疗伤。一个适合在音乐缓缓、茶水氤氲的独立空间里听，会带给你丝丝入扣的温情回忆。

　　你更喜欢哪一个？

　　又，漂洋过海来看你，"漂过"的不光是空间，也许还可以是时间吧！

2015 年 4 月 2 日

五

学习篇

小天地　大作为

——济南第三职业中等专业学校跟岗实习心得

2018 年 10 月 28 日，一个清冷的星期天，我和王萍芳老师跟随润州区拔尖人才跟岗培训第一小组，乘高铁来到了济南市。按照工作组安排，通过电话和导航的模式，我们俩摸索着找到了济南第三职业中等专业学校。穿过天桥，进入聚贤街，校门和教学楼矗立在眼前，颇有气势。在李新副校长的接待下，我们开始了为期一周的跟岗实习。实习期间，我们通过观察、听课、与会、走访、交流等方式，学习了很多，收获也很多。

从学校面积来看，济南第三职业中等专业学校面积很小，仅 14.5 亩。学校没有大道、广场，没有标准化操场，没有实训大楼，没有体育馆，没有宿舍楼，没有食堂，只有三栋楼。教学楼和办公楼用一道连廊相接，并且充分发挥连廊的作用，巧妙安排了各种会议室、办公教室、储藏室等，满满当当。所以这里的办公室多半没有阳光，显得有点阴冷。教师办公室狭长，办公桌两侧靠墙，教师北向而坐，物尽其用，井井有条。

从专业开设来看，专业少而精，主要包括财经商贸和旅游服务两大类专业。财经商贸类专业主要为会计专业，旅游服务类专业主要包括中餐烹饪与营养膳食专业、导游服务专业、高星级饭店运营与管理专业。其中，会计专业、中餐烹饪与营养膳食专业为山东省品牌专业，高星级饭店运营与管理专业为济南市品牌专业。职专、大专毕业生以良好的职业素养和娴熟的专业技能得到用人单位的一致好评，学校曾被评为"山东省最受企业欢迎的职业院校"。学校学生实习就业形势喜人，学校先后与 36 家企事业单位签订了联合办学或实习实训基地协议，与北京钓鱼台国宾馆签署合作办学协议，是北京钓鱼台国宾馆指定的全国两所人才培养基地之一，每年选拔部分优秀学生赴国宾馆实习就业。一个学校是追求"小而精"还是"大而全"，完全取决于校情、学情和生情，以及当地的经济文化发展水平。济南三职专就是一个很好的案例。

从学生管理来看，顺河校区有在校学生1 200余人，班级30多个。学校实行班级礼仪周制度，下课时，学生准时定点、以最美的姿势站立于楼梯拐角等校园各处，展现自己最美的微笑，轻轻问候：老师好！老师辛苦了！智慧化校园，每个教室装有视频监控，通过监控能观测室内师生活动状况，学生上课能安安静静，专注度较高。没有一人玩手机！大课间活动，学校分年级按上下午时间段安排跑操，安静而有序，班主任跟跑，结束后由班主任（轮流制）和学工主任依次点评、教育。每天第八节课，学校里热热闹闹，有在教学楼内打扫卫生的，也有被老师找去谈话的；实训室内，学生忙着洗菜、切菜、雕花、摆盘、爆炒；操场上，一团团、一簇簇，有打羽毛球的、跳健美操的、踢毽子的……各类体艺社团，充满了青春与活力。没有一个人玩手机！我不禁产生疑惑：是不是学生都没钱买手机、没有手机？放学后，我特意在校园周边做了观察：三三两两的学生聚集在一起，有的掏出手机打电话，有的低头看着手机，或拨拉着手机。第二天，我问了优秀班主任黄老师学校在管理手机上的举措。得知学校要求，在校期间学生不得使用手机。班主任不提倡学生带手机，带了手机必须交给班主任统一保管，放学后再拿回；一旦有违反，没收至毕业；家长支持学校举措。难怪，有令必行，有禁必止。手机的出现"伤害"了一批在校学生，这里的学生似乎是个例外。对照《学生成长手册》的记录，学生在关爱中参与，在体验中成长，在自信中成功；学生管理有方法、有实效。

从教职工素质来看，他们爱校如家：刚到学校，进入办公室，就有工作人员送来工作笔记本、水笔、毛巾等物品，真有宾至如归的感觉；中午学校免费提供午餐，每天都有工作人员进入办公室挨个进行登记，以免造成订餐的浪费；对方要登记我的姓名，我顺手拿起了一张A4纸，她忙制止，要求写在她手上即可，"好好的纸，浪费了可惜！"他们乐于奉献：老师们早晨7：30进入班级开始工作，中午在校内短暂休息后就投入工作，17：30总结后放学，严格遵守八小时工作制度。他们善于总结反思：每天早晨行政人员 7：00 前到校，迎接师生；7：30—7：50 巡视校园；7：50—8：30 会议室内开始早会，谈发现的问题，布置一天的工作；下午 5：00—5：30，所有教师集中开会，每天由一位行政人员谈工作思路，并接受教师的审视和提问；大课间时，则由一位班主任（轮流制）进行年级工作的总结，鼓励先进，鞭策后进。

其实，这个集体也并不是人人都始于"优秀"，有些老教师的学历也仅仅停止在大专，但是这并不妨碍他们成为教学能手、劳动模范、优秀班主任。他们工作起来毫不含糊，兢兢业业。在学校文化的熏染下，他们永不服输，团结奋进。这是一支团结高效的管理团队和奋进求实的教职工队伍。2017 年的学校数据：教职工 208 名，其中高级教师 53 名，中级教师 71 名；全国优秀教师、全国优秀班主任、山东省教学能手、济南市劳动模范、济南市名师、济南市杰出技术能手、济南市学科带头人、济南市学科教研中心组成员等 60 余人；国家级职业技能鉴定考评员 8 人，专业课教师均为"双师型"教师。

我的跟岗导师李新副校长，出现在人面前总是一副穿着得体、温和而干练的职场女性形象。她是一位由普通教师成长起来的年轻干部，且看她的业绩：中学高级教师，两次荣立市三等功，曾荣获山东省中学共青团工作先进个人、全运微笑使者、济南市教育系统先进个人、教育新闻宣传工作先进个人称号及市优质课一等奖等。

我还有幸参加了吕凌云校长组织的两场会议，一场行政早会，一场智慧校园建设专项反馈会。她语言简洁，指令清晰，具体而微，同时又不乏高度和前瞻性；对突然而至的接待工作，不慌不忙，温婉得体，不愧为一位优秀的教育管理工作者。

由此来看，率先垂范，调动人的积极性，永远是领导工作艺术中最重要的一项。正可谓：职教小天地，师生大作为。济南三职专，以人为本，和谐发展，有温度的教育，值得一学。

学会表达

一个人总要学会表达自己。如何表达自己？我一直在寻找答案。

近期参加了一次中职视导工作，和昆山第一中专的刘勇校长一组。在给某卫校实训基地工作做总结反馈时，刘校长给了与会者一段忠告：一个人不仅要会做，还要会写、会说。以此勉励卫校同行做好各项材料整理工作及课题研究等。

我顿悟：一个人表达自己的方式无非是会做、会写、会说。

会做，就是把事情做好，扎扎实实，踏踏实实，让人放心。视导过程中，发现学校有卫生环境做不好、实训环境脏乱差等问题，这貌似都是一些小事情，比起"国际合作不深入、仅停留在外出参观学习的表层""教师的科研水平、科研能力有待于进一步提高"这些大问题，敢问管理质量孰优孰劣，管理水平谁高谁低？愚以为，对于"小事情"，但凡用心、出力，眼里有活，学会弯腰，总能出效果，这样的事情做不好就是能力不够；而"大事情"需要相当的智慧、谋略、勇气，甚至时间、机遇、环境等外在因素，做不好的原因可能有很多，这样的事情做不好不丢人。正所谓：一屋不扫何以扫天下？连小事情都做不好的人，又怎能让人放心把大事情交办于你？

会写，就是学会总结与反思。写的过程就是梳理事项、查漏补缺、推动思考、形成思想的过程。检查验收过程中，如若连一份总结都提供不出，哪怕工作做得再多再好，仅这一项也是会影响总体印象的。一篇好的总结应该是虚实相生的。既要让人看见一项项工程，一条条举措，一串串数字；也要让人看到理念、思路、意义。这样的总结才能有骨有肉，立体饱满，形神兼备。所以忌满篇的大话、套话、空话，也不要连篇累牍的数据和措施。

会说，即会说话，会宣传。洋洋洒洒、口若悬河、侃侃而谈，并不一定是会说话。在实训基地现场验收时，现场讲述人员事先不仅要充分了解验收标准和细则，有针对性地进行数据和要素的解说，还要熟悉教育教学情况，如实训设备的使用情况，项目课程的具体开始时间、责任教师、课程内容，以及校内校外人员的教学使用情况。面对专家组的临时发问，还要学会现场观察、倾听和思辨，如专家边走边抚摸设备：你们上一次使用该设备是什么时候？如若介绍者认为使用越频繁越好、越近越好，就会不假思索地回答——昨天上午。显然，他没有注意到专家手指掠过的灰尘，那是至少两周没有使用才会出现的状况。更何况，台账资料里耗材进出记录的最近记录时间也是一年前。这就是做得不好、说得也不好的一则典型。

一个好的说话者能恰如其分地展示自己，甚至能传播知识、影响他人。在会议室，向专家组进行专题工作汇报，则体现出一种综合能力，一种综合素养。它是阅读力、思考力、写作力的综合体现、外在表现，不仅能反映出说话者具体工作的扎实程度和创新指数，还能反映出说话者在自主思考、创意表达等方面的水平。如民办宿迁科技学校的校长全程脱稿，详细介绍了学校的各项管理、基地建设，面对专家组的发问应答如流。全程汇报有观点、有依据，语言表达中透露出来的思维力和行动力折服了众人。

此三者，"做"是基础和前提，"写"是梳理和总结，"说"是补充和升华。一个人在"做"有欠缺的时候，可以通过"写"进行反思和总结，查找原因，分析问题，并提出纠正意见、整改措施；"说"则是"写"的另一种生动表达，可浓缩提炼，可升华补充，更强调现场表现力，具有灵活性。

做得好，人们会认为他是实干家。写得好，说明他善于思考，有内涵。说得好，则不仅能表达自己，还能说服他人，产生一定的影响力。一个人在会做、会说、会写任何一方面做得好即可成为人才。如若能集合两方面或三方面的才能，便能成为一名卓越型人才。

表达自己的过程，即展示自己、推销自己的过程。个人是这样，单位集体也是这样。对于领导者来说，如若认识到个人能力不够，就一定要依靠团队的力量，充分发挥个人所长，展示团队最优秀的一面。"三个臭皮匠胜于诸葛亮"讲的就是这个道理。当然，对于个体来说，应该努力做到会做、会说、会写，不断追求个人的成长。而作为一个教育工作者，不仅要将"学会表达"作为自身的追求目标，切忌茶壶里煮饺子——有嘴倒不出，还要将其作为培养目标，教育学生会做、会说、会写，让每一个学生的人生都能出彩！

语文教师可以做先行者。

2019 年 5 月 16 日

宁波、深圳研修心得

9月底，江苏省职业院校教师一行人前往中国职教高地——宁波和深圳进行了考察，并参加了报告会、沙龙等多种形式的研修活动。实地考察往往能给人留下深刻的印象。

宁波市职业技术教育中心学校校园环境优美，不愧是园林式校园。刚走进校门，白墙蓝瓦，色调和谐，整体格局大气。踏过平板桥，只见碧水环绕，绿树掩映，紫藤花廊，曲径通幽。校园内种植着许许多多鹅掌楸，树干端正，挺拔向上，高大茂盛。"让学生像鹅掌楸那样成长"，鹅掌楸被赋予了职教精神。金秋九月，片片鹅掌楸树叶像一只只金色的蝴蝶在校园内翩翩起舞，舞着舞着，就飞到了墙上，飞到了课本里，成了学校的校标。教学楼内回廊楼道中动态呈现励志警言和感动校园的人物事迹，处处洋溢着人文温情。

张国方书记多年来一直从事该校的管理工作，他的一番报告不仅让人理解了他的治校方略和思路，而且金句频出，发人深思。张书记从"不要问国家为你做什么，问你能为国家做什么"一个问题生发开去，一心办好职业教育报效祖国，在服务"一带一路"、推进国际交流与合作方面做出了骄人的成绩。在培养学生方面，"教育不是把篮子装满，而是把灯点亮"，注重内在的"唤醒"，从知识本位到技能本位，再到核心素养，把人才培养目标定位为"手中有艺、腹中有墨、肩上有担、目中有人、心中有爱、脸上有笑"。在未来职教探索上，张书记坚信"互联网+给职校带来无限可能"，坚持"一体两翼"的发展格局，即以应用驱动为主体，实现教育智慧化和管理智慧化两翼齐飞。学校成立了鹅掌楸电子商务有限公司，教师带领学生主要从事跨境电商业务，让学生真枪实弹地熟悉跨境业务，并根据业务实绩让学生持有一定股份；扶持学生创业，直到学生毕业后能完全独立创业为止。学校的智慧校园建设堪称全国典范，以人为本的智慧化图书馆让人耳目一新，智慧化德育也是业绩斐然。

深圳市博伦职业技术学校（深圳市珠宝学校）是一所新建的公办学校，"时尚、新派"与"大气、内敛"结合在一起毫无违和感。虽说学校是从2015年交付以后边使用边建设的，但丝毫看不出建筑装潢的"补丁"痕迹，图书馆楼内的党建内容与时俱进，整个校园充满了艺术气息。该学校给人留下的深刻印象有很多。首先，校长任敏儒雅有魅力。他是学声乐的，带领同学们一起唱《我和我的祖国》，深情悠扬。任校长一周14节课，给我们做报告时刚从课堂上下来。其次，任校长非常重视教师队伍的建设，好多骨干教师都是他从985、211学校"淘"来的，有些还是任校长三顾茅庐请来的；学校高度重视教师培训，教师出去培训，所耽误的课务由学校花钱购买服务，请培训机构的教师来承担。再其次，学校的专业设置符合当地经济发展水平。深圳市是一座港口城市，全国2/3的珠宝由这里集散批发出去，各类珠宝工种人员需求量大；跨境电子商务专业也符合开放港口城市的需求。深圳经济发展水平高，就业机会多，家长经济实力好，孩子出国途径也多。这里真正实现了普职融通。艺术类学生在这里练好技能，再参加普通高考；专业过关的话，文化课基本不费力，省时省力省钱。博伦学校以声乐为长，对面的深圳市艺术学校以钢琴为长。总之，特区人民似乎已达成共识：通往成功的道路千百条，基础不同、兴趣不同、志向不同的同学，选择一条适合自我发展的道路是十分明智和重要的。

深圳市华强职业学校看起来已经颇有一些年头，树木参天，地上落满了金黄色的树叶；校园布置紧凑，"回"字形教学楼宇上加盖了一个穹顶，学生在楼下空地欢快地打着羽毛球，你来我往地厮杀着，好不热闹。对面教学楼自上而下垂挂着十多条条幅，彰显着这所学校在技能大赛中取得的突出业绩。此情此景和我们江苏的学校颇为相似。果然，通过报告得知，校长周跃南博士为江苏人，全国知名教育专家，在南通、苏州、上海、河源等地的学校都待过，担任一把手校长30年，擅长考试模式，并且在各校都创造了辉煌的业绩。他到深圳华强，进入职教领域也已有10年。一个擅长考试模式的校长对于职教会有着怎样的思想冲撞和思考呢？我很好奇，梳理了一下，有以下几点值得深思：1. 真正的素质教育在职校。2. 中职学校以就业为目标，这需要再思考。在经济和物质水平极大提高的今天，家长的教育需求已经转变为对孩子的高层次教育，且中职孩子毕业普遍不满18周岁，不属于就业年龄段。3. 学习深造、就业，再学习深造、再就业，每一次学习就会有一次提升。中职学校的重心要上移，在中职学校办高职教育，搭建平台鼓励孩子运用各种方式再学习，不断提升自己。4. 越是落后地区越重视高考，把高考作为改变命运的途径。阶层固化、经济固化，理念改变有一个很长的过程。但目前对于多数家庭来说，多一次高考便多一次选择机会。5. 健康人格包含真善美，还有健。

教书育人，践行神圣使命

2020 年 8 月 26 日，我们按照要求辗转乘车来到了南通市区，参加由南通师范高等专科学校举办的为期 3 天的"2020 年江苏省职业学校师德师风建设专题培训"。

本次活动安排了 5 场讲座，有南通市启秀中学李庾南教授的"班级育人'60 年之旅'"，中共南通市委党校沈卫中教授的"不忘初心，牢记使命，继续前进"，江苏航运职业技术学院副书记、院长施祝斌的"新时代职业院校教师的'德''能''思'"，南通师范高等专科学校贾真教授的"怎样和学生进行有效的沟通"等。

84 岁高龄的李庾南教授在启秀中学仍然是在编教师、一线教师，承担两个班的初中数学教学（或走班制教学）工作，以及班主任工作（年级主任）。她的班级育人经历长达 60 年，在育人路上边走边思考，形成了自己独特的育人经验，得到了学生和家长的一致好评。一路走来，李老师乐在其中。她是我们一线教师的楷模。

贾真教授专门从事心理学教学。她不仅深谙不同年龄段的儿童青少年心理，了解学生成长的规律，而且因为长期从事一线教学工作，有着丰富的实战经验，所以她的讲座是理论与实践的完美结合，教育思想的火花、金句不时闪现，让在座的学员深受启发：只要掌握了一定的教育规律，运用你的教育智慧，就可以让你的教育变得从容、优雅。

党校沈教授的讲座则高屋建瓴，从"中国共产党人的初心和使命""当前面临的困难和挑战""把不忘初心、牢记使命落实到继续前进的道路中"三个方面，结合习近平总书记的具体论断和具体事例讲述，坚定了教师们教书育人的文化自信。

还有，航运学院的施院长紧紧围绕教育"培养怎样的人""为谁培养""怎样培养"三个问题，以及"谁来培养""培养者应该具备怎样的素质"，提出了自己的思考：新时代职业院校教师的"德""能""思"。

这些都让我们深受启发。

通过专家们的系列讲座，我也深知：教师是知识的化身，是智慧的源泉，是道德的典范，是人格的楷模，是学子们人生可靠的引路人。在今后的教书育人过程中，我会时刻谨记：学高为师、身正为范，用高尚的人格为每颗纯洁心灵的塑造而竭尽全力。在今后我还要努力做到：

一、爱岗敬业，树立事业心，增强责任感；

二、尊重学生，用真诚的态度开启每个学生的心灵；

三、言行雅正，用规范的言行净化每个学生的心灵；

四、无私奉献，用高尚的品德影响每个学生的心灵。

2020 年 8 月 31 日

六

随想篇

要不得的"教师爷"

刚刚过去的"七一"庆祝大会上，习近平总书记的讲话激动人心，催人奋进。习近平总书记说："我们积极学习借鉴人类文明的一切有益成果，欢迎一切有益的建议和善意的批评。但我们绝不接受'教师爷'般颐指气使的说教。"这让人联想到：当前新冠疫情肆虐，某些国家置本国人民的生命权、生存权于不顾，却妄想对我国指手画脚，评头论足，充当"人权教师爷"。

什么是"教师爷"？"教师"是一种职业，也是一种专业；"爷"则是一种级别，一种资历。

在我们教师群体中有没有这样的人呢？作为一名一线的党员教师，我来给"教师爷"画个像。

画像一："这个词语怎么又写错了？""这个公式怎么又用错了？"罚、罚、罚。罚抄字词，罚抄课文，罚抄公式，罚抄定律。动辄几十遍上百遍。心理学中说任何一个动作重复 21 次以上就能成为习惯。这上百遍的抄写当真成了体罚。

画像二："这道题我不用看，你写的就是错的。什么新思路？我吃过的盐比你吃过的饭还要多。就按我上课讲的方法去做！"很显然，经验主义作祟，又不肯学习。难怪有些地区组织教师参加中、高考答卷，有一些老师分数低得不忍直视。

画像三："去去去，把你家长找来。明天家长不来你不要上课。"第二天一早，家长和孩子并肩站在一旁，唯唯诺诺，教师则稳坐"太师椅"，声色俱厉。真不明白，这优越感从哪里来的？说好的平等、尊重呢？要知道，只有建立在真心关爱的基础上的批评才能被学生所理解，被家长所接受。

由此不难发现，"教师爷"的本质是简单粗暴、经验主义，没有多少真本事还偏偏自以为是，夸夸其谈。立德树人，即便是极少数，这样的"教师爷"也实在要不得。

2021 年 7 月 2 日

中职语文课文里的那些"吃的"
——厉行节约，尊重劳动，以实际行动尊师重教

有人说，我来到这个世界为的是看太阳。

有人说，我来到这个世界是为了尽享美食。

对于一个吃货来说：没有什么比吃一顿火锅更重要的了，如果有，那就来两顿。他们啊，在课堂上都能闻到食堂飘来的肉香，在语文课本里也能尝尽美食。不信，一起来看看中职语文课本里那些"吃的"。

中职语文第五册汪曾祺《五味》中记载的菜肴最多：有山西的酸萝卜酸白菜，辽宁的酸菜白肉火锅，南宁的酸笋炖鸡，无锡的炒鳝糊，广西的芋头扣肉，广州的芝麻糊、绿豆沙、番薯糖水，上海的牛肉粉，云南佤族的涮涮辣，四川的麻婆豆腐、干煸牛肉丝、棒棒鸡、夹沙肉，浙江的咸菜、咸鱼，长沙的油炸臭豆腐干，北京的王致和臭豆腐、虾米皮白菜汤、羊肉酸菜汤下杂面。何止"五味"，酸甜苦辣咸臭都有。正如作者所言：甚矣，中国人口味之杂也，堪为世界之冠。其中令人印象尤其深刻的是这样一段描写：苋菜长老了，主茎可粗如拇指，高三四尺，截成二寸许小段，入臭坛。臭熟后，外皮是硬的，里面的芯成果冻状。嚼住一头，一吸，芯肉即入口中。这是佐粥的无上妙品。我们那里叫作"苋菜秸子"，湖南人谓之"苋菜咕"，因为吸起来"咕"的一声。

其实，扬州人也称"苋菜咕"。和汪老一样，我也是扬州人。小时候放暑假，掐嫩的苋菜头炒菜用，剩下的主茎偏老，在那个物资匮乏的时代，勤俭节约惯了的奶奶从不舍得丢弃，折成小段，放在瓷盆里，用

盐一码，过两个小时，再放少许水，在饭锅或粥锅里炖熟，就做成了"苋菜咕"，早晚拌稀饭吃。那是美味，更是对物尽其用、崇尚节约美德的一种怀念。直到现在，每次回乡我还念叨着要吃奶奶做的"苋菜咕"。

第五册《庖丁解牛》中爱养生的文惠君一定是个吃货，赋予丁厨师杀牛的整个过程以视觉效果：合于《桑林》之舞，有舞蹈的节拍。他还赋予其以听觉：乃中《经首》之会，合乎尧帝时的流行音乐。我想他肯定也赋予其以嗅觉了，并进行了各种超前想象：红烧肘子、牛骨煲汤、爆炒牛腩、土豆炖牛肉、青椒炒牛肉、秘制酱牛肉……相信贵为君主、主张养生之道的文惠君，一定有一颗对自然万物保持警戒和惊惧的心，一定会爱惜食物，珍惜劳动成果，把整头牛的作用发挥到极致。

第二册司马迁的《鸿门宴》，写的是一场杀气腾腾、危机四伏的政治宴会。宴会上吃的是什么？不重要，座次安排却交代得清清楚楚，分宾主、分贵贱。座次即身份，不可胡来，否则会招来杀身之祸——"明礼"者一定要讲究餐桌礼仪。再看不请自来、闯入帐内的樊哙，本该斩立决，然吃的是"生彘肩"，即生的猪前腿；喝的是"斗卮酒"，大碗喝酒，豪气十足。一场政治宴会变成了哥俩好的酒局，打破了君臣界限，消除了敌我紧张的局面，于是死罪可免。但吃下的生猪肉恐怕在肠胃内翻江倒海，不好消化吧。生猪肉有绦虫，含有大量的致病菌，食用后可能会引起食物中毒。肉类一定要烧熟煮透方可食用。

再看看豪门宴会，好期待啊。文学上有一种手法，叫侧面烘托，需要我们充分发挥想象。第四册《林黛玉进贾府》中黛玉陪贾母吃饭，曹雪芹不厌其烦地写了繁复的吃饭礼节，众多的规矩当中透露出森严的等级。作者没写菜品，但想来菜品一定极为丰盛吧。要不得！习近平总书记说，浪费可耻！珍惜盘中餐，践行"文明餐桌"，让"舌尖上的节约"成为一种习惯。

富人家的宴会也有，第四册《祝福》中有浙江福兴楼一元一大盘的"清炖鱼翅"，并四次描写了鲁四老爷家旧历新年迎"祝福"的场面：杀鸡、宰鹅、洗猪肉，彻夜的煮福礼。

至于穷人家的孩子则巴望着过年过节。过年就意味能穿新衣、吃饱饭了。在中国，传统节日无不跟食物有关。元宵有汤圆，端午有粽子，中秋有月饼，腊八有粥，小年辞灶，过年有饺子……第二册莫言《过去的年》里这样描述腊八节施粥的场面："虽然饥饿，虽然寒冷，但心中充满了欢乐。"这就是食物带给人们的记忆，在思乡怀人时，也总是把情感寄托在妈妈的味道、外婆的厨房里。家园废失，无处安放的情感啊，总是物化成一缕缕乡愁。

再来看看外国。第二册《化装舞会》中，德国作家亨利希·曼通过一场化装舞会改变了一个 5 岁的孩子对世界的认知：穷人家的孩子"打碎了盘子"就可能"没饭吃了"；富人家"豪华而高贵"的舞会，则"充满了花香和不同平常的气味"。这气味里定有精美的食物散发出来的。

在全球最富有的国家里吃不饱肚子是什么样的感受？在第一册《警察与赞美诗》中，流浪汉苏比就一直幻想着在坐牢前，能像富人一样，到"汇集着葡萄、蚕丝与原生质的最佳制品"的大饭店吃一顿，一只烤鸭、一份卡门贝干酪、一杯浓咖啡……或者，小饭馆也行，一块牛排、一份煎饼、一份油炸糖圈、一份馅儿饼……哎，穷人的生活太难了！即使生活在物资生活相对充裕的今天，我们也要牢记：富时莫忘穷时苦，勤俭节约是美德。

在人生低谷时，不妨学学苏东坡。第五册《苏东坡传》记载，被贬黄州时，他吃吃喝喝睡睡，过着神仙一般的生活。也正是在他被贬的日子里，出现了"东坡肉""东坡肘子""东坡墨鱼""东坡豆腐""东坡羹"等，还有"日啖荔枝三百颗"的满足与快意。能发掘如此多的美食，哪里还管他什么政治斗争，太治愈了！这样的经历不仅成就了中国历史上的一位大文豪，还成就了一位名副其实的美食家。他自己种菜，自己酿酒，自己研发菜品，自己写诗文纪念——自己动手，丰衣足食。美好的生活靠自己，自给自足，自强自立。

同学们，今天是 9 月 7 日，本周四即将迎来第 36 个教师节。当前社会大力倡导尊师重教，我想"尊师"最好的方式就是认真听课，认真完成作业，尊重老师的劳动。不要总嫌弃和浪费食堂的饭菜，偷偷点外卖。

一方面，浪费可耻，节约光荣；另一方面，防疫要求外卖不得进校园。有空大家还是跟着语文老师多读点书，一起咬文嚼字，尊重劳动，厉行节约，以实际行动尊师重教！

领军人才的三重境界，你在哪一重？
——江苏省第五届职业教育领军人才（校长）高级研修班学员中期汇报

填表申报、面试答辩，一番筛选后，2018 年的夏天笔者有幸参加了江苏省第五届职业教育领军人才（校长）高级研修班。在领军班参加培训的这两年来，我们开阔了眼界，增长了见识，提高了认识；我们加强了对照，促进了反思，找到了差距；我们进行了交流，增进了友谊，共享了资源。这两年来，我一直在思考："领军"是什么意思？什么样的人才能成为"领军人才"？作为领军校长，他的领导力是怎样练成的？答案其实很简单：把"六个一"（一组读书笔记，一篇调研报告，一个成果教学奖，发表一篇论文，开展/主持一次有较大影响的专业性交流活动，撰写并出版一本专著）作业完成了，也就能从领军班毕业了，也就能算得上是"领军人才"了。

借着这次中期总结，深入挖掘"六个一"的内涵，我认为作为一个优秀的职业学校校长，领导力主要表现在以下三个方面：

一是自我生长力。你永远叫不醒一个装睡的人。一个掉到井里面的人如果他自己不愿意上来，外面的人再怎么用力，他都出不来。"拔苗"是不能"助长"的。人本主义认为，人生来就有一种向上的生长力。这种内在的"生长力"来源于哪里？

1. 读书反思。两年来，根据研修计划，我认真阅读《人民教育》

《中国德育》《江苏教育》《校长》《职教通讯》《语文教学研究》等教育教学方面的刊物，关注了"江苏理工学院""江苏职教风采""聚焦职教""王开东"等微信公众号，重点阅读了北京师范大学王晓春教授的《教育智慧从哪里来——点评100个教育案例（小学）》，就第55号案例面向全体教师做了题为"心若晴朗，何来雨天"的重点述评，组织全校教师开展"做一名智慧教师"的倡议活动，对牵手学生进行教育诊断，写了《"一个痴迷电子产品的高中男孩的个案研究"诊疗报告》。

此外，我还用教育人的眼光阅读了非教育方面的书籍，并就朋友向我推荐的日本作家山下英子的《断舍离》，对学生进行了"想要幸福，学会'断舍离'"的主题演讲；读完小说《放风筝的人》和《钓鱼的男孩》，我思考男孩的成长，写有读后感《救赎》；读完社科类书籍《崩溃：关于即将来临的失控时代的生存法则》，写有读后感《学几招，"治未病"!》；读完纪实作品《世纪的哭泣：艾滋病的故事》，了解了艾滋病的暴发和控制史，写有《读书人总该饱含深情地凝望这个世界》；三读吴军的《大学之路》，了解美国各著名大学的办学理念和模式，比较大学与中职学校的异同。我还读过《美国大城市的死与生》《苏东坡传》《萧红传》《数学之美》《奥斯维辛》等书籍，但是无论哪一类，我总是将它与语文和育人联系起来，因为读书是用来实践的。

懈怠时，我告诫自己：坚持读书，让读书成为生活方式；坚持反思，让反思成为提升途径。

2. 参观考察。向书本学习，更要向行家学习，并且不断对比反思，通过总结、升华让自己变得更专业、更深刻。

2019年4月，在美国考察期间，我重点关注了美国职业学校的职业启蒙教育的现状，并深层次地思考了其原因，写有《"实"干兴邦"通"达天下——美国职业学校面向中小学开展职业启蒙教育的观察与思考》一文，为2019年7月课题的结题打下了良好的基础。2019年5月，在刘勇校长的带领下参加了一次中职视导工作。在给某卫校实训基地工作做总结反馈时，刘校长给了与会者一段忠告：一个人不仅要会做，还要会写、会说。以此勉励卫校同行做好各项材料整理工作及课题研究等。我有所得，写有《学会表达》，辩证地分析了会做、会写、会说三者之间的关系，认为人要通过适合的方式表达自己。2019 年 9 月，我们领军班一行人参观了将"时尚、新派"与"大气、内敛"结合在一起的深圳博伦职业学校。一周上 14 节课、与学生一起深情合唱、儒雅而有魅力的任敏校长给我留下了深刻的印象，于是我写下相关考察纪行文章。2019 年 11 月，润州区教育局安排我在济南三职专跟岗学习一周，该校占地面积虽小，开设的财经商贸和旅游服务两大类专业却办得精致而红火。我写有《小天地　大作为——济南市第三职业中等专业学校跟岗实习心得》，深刻领悟到一所学校是追求"小而精"还是"大而全"，完全要取决于校情、学情和生情，以及当地的经济文化发展水平。

　　3. 他山之石。我是一名语文教师，教书育人是本职。我从语文教材里寻找教育素材，写有《中职语文课文里的那些"吃的"——厉行节约，尊重劳动，以实际行动尊师重教》一文，并利用今年教师节在国旗下讲话的时机和学生交流；受语文教材《五月的鲜花》一文影响，我还写有《烟花易冷　青春易逝》《漂洋过海来看你》等歌曲赏析文章，并发布在朋友圈。

　　教育是一门艺术，艺术是相通的。我尝试从电影里寻找教育素材，写有《从〈流浪地球〉看中国制造》，并和机电系、信息系的学生交流。看完电影《驴得水》《消防员》等均写有心得，或短或长。

　　教育的方式是多样的，教育的人群也可以不断转换。面对青春期的儿子，我写有《做一个善良的人》；在奶奶 90 大寿的时候，我写下《我的奶奶》一文，在亲友群里发布，提醒诸位，这样一位苦难深重、普通而又伟大的农村女性，值得家族里每一个人尊重与爱戴；面对犯错的学生，我写有小文《他们还是孩子》，告诫年轻老师们用爱心宽容以待。

　　以上各类散文、读后感、书信、心得体会、讲话稿等尚不足以发表，我让它们零星地散落在我的 QQ 空间里。我的学生和曾经师徒结对的同事读了以后，陆续地给我传来了他们或长或短的感喟，主题一律都是"我想活成您的样子""我愿意成为这些渴望成长的孩子们'生命中的摆渡人'"。受他们的极大鼓舞，我自娱自乐地把自己的小文汇编成册，拟名《彩色的风》，意为"春风风人"。作为一名教师，我愿像和煦的春风一样吹拂学生，于无声中潜移默化，使他们受到教益和帮助；运用自己的教育智慧，呈现多种多样、生动活泼的教育形式，让学生领略一个多姿多彩的世界。

4. 课题研究。这两年里，我不断地学习、思考，用研究的心态来做教育，主持的省级课题有 2 个，一个在研，一个结题；主持的市级课题有 2 个，都已结题。

我认为，无论是校长还是教师，你必须让专业锋芒化，才能自带光芒，你的学生、家长及教师团队才会愿意跟着你一起前行。

二是群体向心力。群体是指本质上共同的个体所组成的整体。向心力，是物理名词，是指使物体沿圆周运动的力，跟速度的方向垂直，向着圆心，也比喻集体内部的凝聚力。校长作为学校的领头人，要努力让大家"心往一处想，劲儿往一处使"，而这就需要校长在充分了解人性的基础之上，讲究"方方圆圆"的领导艺术。方是规则、准则，圆是技巧、通融。在和刘勇校长一起进行视导工作的时候，刘校长组建的临时党小组及之后"大方小圆、内方外圆、先圆后方、有方有圆"方方圆圆的工作艺术让我产生了深刻的体会。

近几年，我一直担任镇江市职业学校语文中心组组长。我深入课堂，愿意尽一己之力帮助那些想要学习成长的年轻人，认真地做好市、区各类比赛的学科评委，并给他们提供力所能及的帮助，多次指导教师们的参赛作品。此外，我还负责做好各类命题、审核，以及阅卷组织、培训工作；为青年教师上好示范课，指导的王平原老师获镇江市十佳教师、镇江市骨干称号，罗彩霞老师被评为镇江市十佳班主任、润州区骨干。近两年我为全市语文教师主持或开设讲座多场。2020 年 10 月 13 日，由镇江市教育科学研究中心组织的"镇江市教学大赛优秀作品剖析和研讨"在镇江高职校开展，我担任活动主持人，线上有全市职业学校语文教师、省赛专家等约 50 人，线下有 200 多人共同参与、互动。

我时常告诫自己：一个人可以走得很快，一群人可以走得更远。我和我校的德育团队围绕校训"明礼精技"，合力编写了思政进课堂丛书

"读点经典明点礼"，共5本，将古往今来的成语、语录、诗词佳作、散文精粹，以及名著推荐编写成册，突出习近平新时代中国特色社会主义思想，有机融入社会主义核心价值观，用作学生早读补充读物。

三是社会辐射力。辐射力也是物理名词，是指物体发射辐射能本领大小。社会辐射力可以指学校或个人的魅力指数，对企业、对社区、对城市及其他兄弟学校的影响力和带动力。两年里，我先后参观学习俞桂琴校长所在的扬州旅游商贸学校、刘勇校长所在的昆山第一中等专业学校、茅一娟校长所在的海门中等专业学校，以及苏州高等职业技术学校、苏州建设交通高等职业技术学校……此外，部分魅力指数极高的优秀学员也给了我向上的动力，如玄武中专樊玉敏、邳州中专李皎、武进高职校孙煜……

综上所述，"六个一"作业本人现已完成：论文3篇，主持活动1次，省级以上课题结题1个、在研1个，深读1本书，共4项。缺少1份调研报告，假以时日，应该可以完成；还缺少1本书——《彩色的风》，目前正在编辑整理中，但出版尚有难度。至于领军人才的领导力，我尚处在"自我生长力"阶段，需要向各位优秀的同行看齐。

各位领导，各位同仁，让我们一起提升生长力，汇聚向心力，发散辐射力，带领我们各自的大小团队，主动融入国民经济建设主战场，服务地区经济社会发展，为国家"一带一路"战略实施保驾护航。让我们一起成为放风筝的教育人：心中有天空，眼中有目标，手里有分寸，脚下有土地。

2020 年 11 月 20 日

爱国，从诚信开始

——新冠疫情之下的中职学生诚信教育

什么是诚信？百度百科如此解释：以真诚之心，行信义之事。诚，真实，诚恳；信，信任，证据。所以，诚信就是诚实无欺，信守诺言，言行相符，表里如一。

诚信不仅是为人之道，立身处世之本，而且对于自我修养、齐家、交友、经商，乃至为政，都是一种不可缺少的美德。总之，诚信对于人类社会来说是非常重要的。

小时候我们就听说过"狼来了"的故事，后来又有曾子杀牛、约法三章的典故，教育我们不要说谎，要诚实。而今，新冠疫情之下，你的诚信表现如何，你的家人、朋友呢？社会各行各业呢？有人说，本次疫情好比是"照妖镜"，谎言谣言满天飞，魑魅魍魉皆出形。且看失信面面观——

看某些宵小！

疫情防控，人命关天。科学防治是前提。本次疫情防控之初，就有"内行人"断言儿童、年轻人不易感染病毒，几天后就被事实证明所言不实，误导了舆论。疫情防控的紧张关头，有些权威机构的人士当起"江湖郎中"，拍胸脯开出"神奇药方"，以充满诱导性的消息推销药品，制造抢购风潮，加剧了焦虑情绪……诸如此类，不一而足。

如果说国内的某些宵小上瞒下骗，视政绩为上，对人民的生命缺乏起码的尊重；如果说某些所谓"专业人士"态度轻率，夸大其词，信口开河，是对科学缺乏起码的敬畏，或者是沽名钓誉，好大喜功，妄想借此名利双收，那么国外的某些"中国道歉论"、谣言、怪论又居心何在？众所周知，疫情虽最早暴发于中国，起源却尚无定论，目前病毒溯源工作仍在进行中。然而，美国个别媒体却散布言论，妄称新冠病毒起源于中国，要求中方"正式道歉"。这种违背科学、充满偏见的怪论，不仅恶意中伤了中国人民，而且与当下国际社会共同应对新冠疫情的大势背道而驰。

中国人民正全力抗击新冠疫情，并为此付出了巨大牺牲。四起的谣言，不尊重科学的态度，不仅不利于中国和世界抗疫防疫的大局，也影响了民众对科学共同体的信心。

来看某些人！

在本次疫情防控工作中，为了一己私利，说谎、隐瞒的案例屡见不鲜。在福建晋江，一男子自武汉返乡，却谎称从菲律宾归来，导致4 000余人被隔离。在陕西商洛，一对公婆在排查询问和就诊中一直不承认有湖北旅居经历，不仅导致怀孕8个月的儿媳妇被感染，还导致12名医护人员被隔离。在山东潍坊，一患者拒不配合当地社区调查，就医时刻意隐瞒，导致4人确诊感染、68名医务人员被隔离。在四川雅安，确诊患者侯某有意隐瞒途经武汉汉口的事实，多次外出活动，密切接触群众达100余人，即使在医生等多次询问是否有武汉、湖北等地居住和旅游史的情况下，仍然矢口否认，导致有30多名医护人员与其密切接触。以上事例警方均已立案查处。

就在全国上下为抗击新冠疫情付出巨大牺牲并取得初步胜利的时候，境外疫情开始变得日益严峻起来，境外输入性病例也开始增多。入境需要填写健康申报表，不少境外人士未能按照防疫工作程序的要求如实汇报自己的健康情况。他们撒谎了。

各位同学，扪心自问，在疫情防控过程中，你或者你身边的人有没有撒谎的行为？在上级的要求下，班主任老师天天摸底排查学生出行、住址、健康信息的时候，是否有人存在侥幸心理：反正我不会有病，千万别因此影响我上学，从而存在故意隐瞒不报、漏报、迟报的行为。

看某些销售行业！

诚信乃经商之魂，它是各种商业活动的最佳竞争手段，也是市场经济的灵魂。近期北京地区发生了多起假口罩销售案例。销售的商品除了假的口罩、消毒药水、测温仪等各种防疫物资，还有一些生活必需品。无论是线上还是线下，各地都查处了或多或少的销售假冒伪劣商品、哄抬物价、不诚信经营的不法行为。

也有人说，这次来势凶猛的公共卫生事件好比是一场大型"考试"，上至国家、下至部分行业和个人，在这场考试中都交出了一份关于诚信的满意答卷。他们是如何做的呢？

首先是在国家层面，诚信乃为政之法。《左传》云："信，国之宝也。"即诚信是治国的根本法宝。党中央和政府一旦确认新冠疫情的发生，便果断部署，并采取有效防控措施；对内对外，相关部门主动及时公开疫情数据，公开确诊患者的活动轨迹，公开透明让疫情防控更给力。一段时间以来，收治率治愈率节节攀升，感染率病亡率一路下落。目前，对比境外疫情防控，就知道我们当初的坚决、坚守、坚持是多么的明智和正确了。

其次是在社会层面，各行各业的人们恪尽职守，勇挑重任。进入行业之初的誓词你可还记得？美丽的逆行医务人员雷厉风行，在火线上冲锋，以最和暖的态度抚慰病人，以最高超的医术妙手回春，他们用实际行动诠释了悬壶济世、救死扶伤、医者仁心，向最美医务工作者致敬。还有在夜夜风雨中值守工作岗位的基层民警，他们扶危解困、除暴安良。还有社区里在默默奉献、奔波劳碌的工作人员和志愿者，他们哪怕遭受再多的委屈和责难，也始终守严守牢疫情防控的关键防线，打好疫情防控的人民战争。疫情发生后，蓝天救援队江苏机动队队长、盐城英雄许鹏在武汉做了十多天志愿者，却在运送抗疫物资途中遭遇车祸，生命定格在了39岁。

一位山东老父亲对出征武汉的医生儿子如是说："世上没有从天而降的英雄，只有挺身而出的凡人。"正是一个个普通的凡人用实际行动告诉我们什么叫忠于职守，诚于内心。既然做了选择，就要勇于担当。

最后是在个人层面，我们绝大多数民众听从指挥，服从安排，不出门、不添乱，宅在家里做贡献。宅在家中，也要花样百出：e起说科普，e起晒美图，e起动起来……有人普及疫情防控科学知识、介绍防控防疫成功经验、发布权威专家解读疫情信息等。有人水饺包起来、馒头蒸起来、蛋糕烤起来、油条炸起来，各种蒸煎烹煮炸烤，五颜六色、中西结合，全民皆大厨。人们围绕音乐、舞蹈、美术、摄影、书法、曲艺、美食等拍美照晒美图，展示宅生活中的乐趣，展示乐观向上的生活态度，化解焦虑情绪，以网络正能量坚定抗击新冠疫情的信心。可见：事事关心，人人尽力。

通过以上正面和反面事例的分析，不难发现"诚信"的内涵包括三个层次：

第一层次：实事求是，诚实无欺。这是底线要求。

第二层次：信守诺言，言行一致。这是一般要求。

第三层次：明礼奉献，诚于内心。这是倡导境界。

同学们，疫情之下，我们该怎样做？中职学生作为准职业人，终将走出学校，走向职场，承担起社会职责。

希望你们苦练技能，在职业发展的路上，像研制疫苗的科研攻关人员一样脚踏实地，认真努力。唯有洒下勤奋的汗水，才有可能像钟南山院士、李兰娟院士一样成为行业翘楚。

希望你们坚定自己的职业操守，当祖国需要的时候，像众多逆行的医务工作者一样，义不容辞，忠于职责。

希望你们明礼奉献，诚于内心，像千万个志愿者一样，有责任、有担当、有爱心。

希望你们实事求是，诚实守信，就像这次疫情处置中所显示出的国家风范一样，与朋友交，言而有信，信达天下。

位卑未敢忘忧国。爱国从来不问身份和地位、年龄和职业。不信不立，不诚不行。报效祖国，让你我从小事做起，从诚信做起。

在岁月的长河里立德树人

从教以来，我认真贯彻党的教育方针，遵守国家法律法规，忠诚于人民教育事业，严格遵守师德规范，爱岗敬业，教书育人，勤于进取，在教育教学、教科研、指导青年教师，以及学校管理、学科基地建设等方面均取得了一定的成绩。

身在教育一线，我深刻知道：成为一名好的教师，绝非一朝一夕之功，一定是在岁月的长河里立德树人的。

三个超越，实现对学生"超越教室墙壁的影响"
——23 年的语文教学之路

参加工作以来，我一直奋战在中学语文第一线，有着 23 年的语文教学经历，其中普高教学 4 年，初中教学 11 年，职业中专教学 8 年；进行过高中教学大循环，初中教学大循环，单招教学大循环；有 2 年普高高三毕业班、7 年初三毕业班、5 年单招高三毕业班等教学经历。

在长期的语文教学实践中，我立足课堂，努力把课上好，把书教好，让学生考好。好的教师，必然懂教、乐教、善教。刚开始工作时，为了在课堂上吸引学生，我广泛学习名师上课案例，钻研教法，被我的师傅徐海云老师赞誉为"一个富有教学机智的人"。后来上公开课时，镇江市教研员吴铁俊点评指出"语文课堂应该是书声琅琅的，充满了各种形式的读"。受他的启发，我在实践中提出了古诗文教学"四读"模式，即音读、意读、情读、美读，影响了学校里的一批年轻教师。为了提高课堂教学效率，我系统研究并实践了"读中渗写"的阅读与写作教学模式，提供了大量教学案例，归纳了经验做法，完成了教育硕士论文。我以第一编委身份参与了《5 年高考　3 年模拟·语文》高三复习资料的编写，以及《课时作业·高中语文选修》资料的编写。2009—2012 年连续三年担任镇江市中考作文阅卷组组长，2010 年暑期面向全市初中语文教师分年级连续三天做了"熟考情 知热点 谋规划"的主题讲座。我还入选了江苏省职业院校教学大赛专家库，于2021年参加了网络培训。

优秀教师对学生有超越教室墙壁的影响——这是对美国"国家年度教师奖"获得者贾汉娜·海斯的盛赞。我认为要做这样的教师，就要实现三个超越，即超越课堂、超越学科、超越自我。

超越课堂。有限的课堂，无限的效益；有限的探索，无限的影响。我努力超越课堂界限，把课堂延伸到课外。阅读经典的重要性不言而喻，如何让学生爱上名著阅读？我曾参加了"以一代本"的市级课题研究，以教材内容带动课外阅读，从课内有效引导课外名著导读，协助课题组探究出了5种阅读课型，并提供了案例。我还结合"明礼"校训，有效地开发了课程资源。2019年我策划主编了校本教材《读点经典明点礼》，作为中职生20分钟晨读的补充材料，教材避开中职语文篇目，选择了古往今来的成语、语录、诗词佳句、散文精粹及名著精选。这些有助于扩大学生的知识面，完善知识结构，增强思辨能力。

超越学科。1.当代教育要求教师具有完备的知识体系，具有跨学科能力且能融会贯通，以此满足提升学生核心素养的需求。我先后撰写了《它山之石 可以攻玉》《让艺术走进语文课堂》《移花接木春满园》等多篇论文，浅谈了语文学科应融合影视、表演、音乐、美术学科，创设多样的情境，激发学生的愉悦情感和创造欲望。2.学校教育是德育的主战场，学科教学是落实德育的重要阵地。语文教师除了学科知识的传授和科学文化素质的培养，更要注重德育渗透，努力提高学生思想道德素质，发挥语文教学在德育教育中的主渠道作用。我在"思政进课堂"方面做了一定的研究，为其他学校、其他学科核心价值观教育提供了范式和案例。

超越自我。一个人在工作初期，比能力、比成就；在成熟期，会觉得心胸、眼界比能力更重要；到后来，追求的就是人生境界了。如何提升自己，超越自己？

在领军校长班学习期间，2020年11月总结汇报时，我以"领军人才的三重境界，你在哪一层？"为题向专家做了汇报，得到了袁丽英教授的肯定。领军人才的三重境界，即自我成长、带领团队、辐射社会。在导师的带领下，我认真践行"六个一"，以超越自我，提升境界。

投身研究，越努力越幸运。我曾连续获得镇江市第五、六、七批中青年骨干、镇江市第八批中小学学科带头人、润州区特级教师后备人才称号。

"四好"行动，促进班级文化建设
——16年的班级管理之路

1998年8月，刚参加工作的我接手了班主任工作。刚开始手忙脚乱，再后来我就慢慢摸索出了门道，所以即使在怀孕哺乳期间，依然坚持做班主任工作。我做了9年半的初中班主任，4年的高中班主任，5年的职校副班主任（副班主任经历每2年算1年）。

班级文化是一个班级的风骨。要形成一个有机的、有活力的班集体，必须有丰富的文化建设内容，有深刻的文化建设内涵。

然而，班级文化仅仅是教室里张贴的图片、文字吗？墙壁是可以说话的，环境是可以育人的。我理解的班级文化，不在于形，而更注重一种理念的追求，渗透着主流的核心价值观，简单地讲就是让班级成员身上共有某种价值观念，或者道德规范和行为方式。如何打造班级文化、形成共同的理念价值观？

上好班会。针对每一届学生，我都有计划有组织地上好班会课，如高一时重规范养成，师生集体研制《班级公约》等班级系列制度；高二时重职业理想，结合时代热点和学生存在的问题，探讨职业理想及实现途径；高三时重学生心理，以"高考，我们来啦！"为主题开展系列活动，加强集体教育和心理健康教育，从而形成稳定的班级文化。

搞好活动。丰富的课内外活动能够容易让学生理解班级文化，增强班级的凝聚力。在活动中，我强调学生活动的自主性和创造性，让他们自由充分地发展爱好、特长和各种能力，因而对于培养健全的心理起重大作用，其意义往往是课堂学科教学活动所不能替代的。如班级之间的篮球对抗赛、拔河比赛、春秋游活动等，注重全员性和活泼性，增强协作精神，促使学生在认识、情感和行动上逐渐趋同于班级文化的预定文化目标。

用好班干部。班主任不能时时刻刻都在班级，用好学生干部就显得很重要。要让他们学会自主管理，并通过他们发挥辐射作用，传递正能量和正确的价值观。所以我注重班干部的培养，尤其是有"特长"的班干部，放手让班干部组织、主持班级活动，给他们更多的自主管理权利。葛同学、张同学等很多优秀的学生干部毕业后在社会发展中脱颖而出，有良好的持续性发展。

做好自己。学高为师，身正为范。其身正不令而行。教师的示范作用不可忽视。要求学生做到的，教师必须首先做到，起到表率作用。在管理班级期间，我深入学生中，关爱学生，做到耐心、细心、诚心、关心，且长期保持，养成习惯。同学们爱和我说心里话，1602班严同学在给我的信中这样说："真想成为您这样的人，乐观，豪迈，直率，柔中带刚，还有一颗孩子心。"毕业后，学生一直与我有联系有交流有夜话。我关爱每一个学生，撰写的《我用爱的目光关注你》《"一个痴迷电子产品的高中男孩的个案研究"诊疗报告》等多篇转化后进生教育案例获镇江市"我的教育故事"案例评比一、二等奖。多年来学生和家长满意测评率高。

我所带的班级和个人多次被评优评先。我曾参加润州区"我和我的学生"演讲比赛，获得第一名，并被推荐参加镇江市师德演讲，获得好评；演讲稿《幸福像花儿一样》被推荐发表于当年的《工会》期刊。2019年5月，我以嘉宾身份参加了在扬州旅游商贸学校举行的省职业学校班主任论坛，对学员表现进行了观察和点评。我个人先后获得润州区师德标兵、区德育先进工作者、市德育工作先进个人等荣誉称号。

5 项研究，助力个人学校共发展
——16 年的行政管理之路

2006年暑期，我报名参加了学校中层干部竞选，成功竞聘为政教处副主任，这之后就走上了行政管理的岗位，至今已有16年，其中包括5

年的政教主任、1年的办公室主任、10年的副校长经历；先后辗转于润州中学、镇江实验学校魅力之城分校和润州中专。从2013年起开始职业教育生涯，至今已经8年，目前在润州中专担任副校长、支部委员，主管学生、教师和后勤工作，分管学工处、党政办公室、总务处、团委、心理咨询室、医务室等部门和处室。

作为一名管理者，个人发展与学校发展不能顾此失彼，厚此薄彼，应把个人发展与学校发展相结合，努力形成相互融合、相互支撑、相互促进的大格局。人到中年，我努力克服并超越了自己的职业倦怠，不断地学习、思考，用研究的心态来做教育。我结合自己的教育教学实践，结合学校的发展需要，以问题为课题，在实践中研究，在研究中实践，先后开展了以下5项研究：

一是教学模式研究。1. "读中渗写"阅读和作文教学模式研究。"得语文者得天下"，中、高考成绩对于学生来说非常重要。其中阅读和写作不仅在考试分数中占比高，而且可训练、可提高。我在实践教学中，从课文中找点，通过细节补缀、渲染烘托、仿写训练、表达互换等7种方法有效、系统地训练学生。在扬州大学梅尚筠教授的指导下，我以"读中渗写"为内容系统地进行了相关理论和实践的研究，2012年12月我以5万余字的《初中语文"读中渗写"教学模式的研究》教育硕士论文顺利通过答辩，并获好评。我的作文教学系列公开课"考场作文快速架构策略""描写让你的作文锦上添花"获市、区内同行好评。2. "四读"古诗文教学模式。我通过个人主持的"新课程背景下文言文个性化阅读教学的研究"的课题，提出了古诗文教学"四读"模式，即音读、意读、情读、美读，专家认为该模式体现了教师主导、学生主体的课程理念。运用"四读"模式，我执教的《治水必躬亲》一课获省一等奖，《庐山谣寄卢侍御虚舟》一课获镇江市优质课一等奖，《茅屋为秋风所破歌》一课与省内特级教师同台竞技，获好评。我撰写的论文《"四读"中职语文教材的逻辑起点和路径》在省级优秀刊物发表，《古诗文教学"四读法"》一文获奖。课题组成员王平原、罗彩霞、童云老师先后运用这种模式执教了《将进酒》《望海潮》《爱莲说》《陋室铭》等多节竞赛课、研讨课、公开课，分别获奖或获好评，有两位教师顺利成长为镇江市中青年骨干教师，一名教师成为区骨干，童云被提拔为副校长，王平原被提拔为学工副主任，罗彩霞获大市优质课一等奖并多次开设省级骨干教师研讨课。3. 提供案例。我以研究骨干身份参与了"任务驱动法""教学案模式"的教学研究，并为课题组提供了优秀的教学案例。

二是德育机制研究。1. 抓规范。由我策划和组织实施的"以'路队'建设为载体，提高学生文明素养的研究"市级规划课题，以路队为抓手，制定各种规范，如发型规范、服装规范、背书包规范、推车规范、停车规范、礼仪规范、交作业规范等，促使路队走出"形"、走出"美"、走出"神"，分阶段完成了路队建设，塑造了学生的文明形象，提高了文明素养，有效破解了城郊接合部学生"养成教育"这一难题。2. 重改革。在全区中小学班教改革的背景之下，我负责策划并组织实施了我校的班教改革。为进一步深入推进班教改革制度，促使全面育人有抓手，我申报了市级规划课题"中职学校导师牵手制的实施研究"，通过建立学生档案、谈心交流、家长联络、团队活动、培训学习、考核评价等6项制度，形成一套导师牵手工作机制；运用"五导工作法"，即思想教导、心理辅导、生活指导、技能辅导、就业引导，创新了职业学校德育工作模式，有助于学校教育质量的全面提升。

三是后进生转化研究。教育要面向全体学生，"一个都不能少"。帮扶后进生和行为失范生，对于中职教育来说显得特别重要。我积极投入"后进生转化"的相关研究中，主持了镇江市规划课题"中职生群体行为及引导策略"，参与了江苏省教育规划课题"中职生失范行为的矫正策略研究"。其间，我认真考查了本校及兄弟学校的实际情况，查阅了相关资料，撰写了论文《外部环境对中职生群体交往的不良引导及良好外部环境的创设》，并获得镇江市"立德树人"论文评比一等奖。我帮扶改变了多名后进生，优化了学生品格，形成了典型案例，两篇教育案例《女生也犯嫌》《我用爱的目光关注你》分别获得镇江市第四届、第五届"我的教育故事"主题系列征文评选活动一等奖。2015 年，我作为执行主编汇编的教育案例集《吹面不寒杨柳风》正式出版。

四是职业启蒙教育研究。我国职业启蒙教育起步较迟，促进中小学学生职业启蒙的措施还很有限，学生职业意识欠缺，职业选择困难，发展规划能力缺乏。我主持的省级立项课题"职业学校面向中小学生职业启蒙教育模式的研究"，对职业启蒙教育进行了初步探索与实践，利用职业学校的特色和优势，面向区域中小学推出了共享教师制度，即组织我校优秀的专业课教师、各级各类骨干教师，以劳技课、社团活动课、知识讲座、参观体验等为主要形式，面向中小学生开展相关的职业信息了解、技能引导、生涯规划等教育教学活动，其任务是帮助中小学生更好地理解职业信息，懂得职业品德，发展自我形象，对职业生涯有正确的态度。该模式包含研制菜单、普校点餐、教师做菜、学生用餐 4 个步骤，理论上对职业启蒙教育的"教学资源的管理机制""有效运行的保障机制""'互联网+'智慧管理模式" 3 个方面做了重点研究。该课题推出的"共享教师"模式，充分发挥了职教的区域影响力。2019 年，《共享教师：职业学校面向中小学生职业启蒙教育运行模式》一文在期刊《校长》上发表。

五是新时代立德树人思想研究。立德树人是教育的根本任务，学校要把立德树人作为教育的中心环节。1. 社会主义核心价值观研究。我主持的省级立项课题"社会主义核心价值观融入教育教学全过程的实践研究——以中职语文为例"，对社会主义核心价值观融入中职语文的路径与策略、资源库建设、评价机制、案例研究 4 个方面做了研究。2020 年，论文《苏教版中职语文核心价值观分布要点框架研制》获镇江市"立德树人"教育论文一等奖；论文《社会主义核心价值观融入中职语文的路径、策略和方法》即将发表于期刊《校长》。2. 学生核心素养研究。核心素养是党的教育方针的具体化。早在 2015 年，我作为培养学校学生核心素养项目的负责人，就开始了"学会学习、健康生活"的专项研究，取得了一些成绩。2016 年，我校被区教育局授予核心素养研究基地；2019 年，该项目获区二等奖。2017 年，我在句容中专举办的镇江市语文教学研讨中开设讲座"语文的核心素养及课堂策略"；2021 年，在拉萨一中面向城关区教师开设讲座"学生核心素养培养的学科策略——以中学语文学科为例"。3."三全育人"研究。我校有 8 年"班教改革"的实践基础和理论基础。2021 年，我在拉萨一中面向全区德育工作者开设讲座"班教改革：全员育人德育机制的润州实践"。接下来我当与时俱进，开展"以'思政+'模式构建三全育人新格局"的专题研究，创新育人机制和平台，让思政工作与育人体系深度融合，创造全新的育人生态。

压力与动力并存，忙碌与收获同在。2009 年起，我连续三届被评为镇江市中青年骨干教师；2017 年 11 月，被评为润州区特级教师后备人才；2018 年 8 月，被评为镇江市学科带头人；2018 年 8 月起，参加第五期职业教育领军校长班学习。2021 年 6 月，我先后被推荐为中共润州区教育局专技人员党代表、中共润州区第九次代表大会代表，以及镇江市教育系统党代表。我所分管的学校所获荣誉也有很多，如 2016 年学校团委被评为江苏省双十佳单位，2017 年学校被评为全国国防特色教育学校，以及江苏省依法治校示范校、江苏省公共机构节能示范单位、江苏省和谐校园、江苏省平安校园、江苏省健康促进学校（银牌）、江苏省节水型单位、江苏省职业学校优秀学生社团、镇江市文明校园、镇江市语文学科基地等，获全国 HSE 优秀组织奖。

在当今时代，做不好研究是教不好书的。站在职业教育前沿阵地，我要力争成为一名研究型教育者，把个人发展融入学校发展大局，使学校发展主动融入国民经济建设主战场，服务地区经济社会发展，为国家"一带一路"倡议的实施保驾护航，为中国未来职业教育发展贡献方案和智慧。

七

讲话篇

想要幸福，学会"断舍离"

老师们、同学们：

上午好！

最近朋友向我推荐了一本书——日本作家山下英子的《断舍离》。因为这本书，掀起了一股"断舍离"风潮。它主张我们从居住空间到心灵对一切不需要、不适合、不愉快的人与事物都进行断绝离舍，实行人生大扫除，经常给自己的思想和灵魂来个清空，让心灵犹如竹一般，平和淳朴；让处世如同菊花一样，淡泊名利。

人生的种种苦恼，总混杂在我们对物品的执着中。拿起手机刷微信、看新闻、玩手游等，已成当前众人每日生活的必修课。我们的生活到底有多离不开物质？作者山下英子通过参悟瑜伽"断行、舍行、离行"的人生哲学获得灵感，创造出了一套通过整理日常家居，进而改善心灵环境的"断舍离"整理术。

其中，"断"即断绝不需要的东西，"舍"是舍弃多余的废物，"离"指脱离对物品的执着。通过学习和实践断舍离，人们将重新审视自己与物品的关系，从关注物品转换为关注自我——我需不需要。一旦开始思考，并致力于将身边所有"不需要、不适合、不舒服"的东西替换为"需要、适合、舒服"的东西，就能让环境变得清爽，也会由此改善心灵环境，从外在到内在，彻底焕然一新。

在读这本书的过程中，我们能够逐渐厘清与身边物品的关系，同时还不断自问：自己真正害怕的是什么？对物品断舍离了，那对自己的过去，是否也勇敢地断舍离了？那些令你心酸纠结不已的回忆，你认真思考过吗？若已从中得到教训，你是否不再耿耿于怀，学会放手、朝前看？

人应该控制物品，而不应为物质所奴役。一个人一旦懂得知足，他的内心就会永远坦然和懂得感恩。人生的烦恼只是小小的插曲，忽略掉了才不会造成伤害。经历的挫折也是上天给予的财富，能够从中汲取宝贵的部分，增加自己生命的重量。没有什么值得哭泣，因为已经拥有那么多的幸福。对知足的人来说，困难并不是困难，总会有解决的办法、突破的出路。

知足的人有福气。面对花花世界，他们能够抗拒外界的诱惑，也能够控制盲目的欲望，一心一意地对待自己的生命，更加懂得快乐来自满足，知足就是幸福。

学会断舍离，快乐的生活将无处不在！

谢谢大家！

勇敢说"不"

老师们、亲爱的女同学们：

晚上好！

"二月二，龙抬头；三月三，生轩辕。"今天是农历三月三，是纪念黄帝的节日。三月三，古称上巳节，这一天，人们会在水边宴饮，"流觞曲水"就是这么来的；人们到郊外游春，到水边去祭祀，并用香薰草药沐浴。《论语》中"暮春者，春服既成，冠者五六人，童子六七人，浴乎沂，风乎舞雩，咏而归"就是写的当时的情景。少男少女在一起，泼水嬉戏，好不开心，所以这狂欢的一天也被称作中国的情人节，后来古代少女的成人礼一般也安排在这个日子举行，所以这一天还被称作女儿节。

春光明媚、暖风微醺的日子里，少女们着漂亮衣裙，临水而行，踏歌起舞，游玩采荇。好美的一幅画。

花美想采摘。今天我就想借用这次女生安全演练的机会，告诉我们全体女生：娇美如花的女生们，在与异性交往的过程中，要守好底线，勇敢说"不"。我也想和大家谈谈女生在异性交往中的自护策略。

作为一名女生，你不仅应该干净整洁，做好个人卫生，而且应该做好安全措施，保护好自己，尤其是在人际交往中注意底线原则，即无论身处什么样的人际交往中，都不能突破最后的底线，要守好底线。这对于未成年人的健康成长而言，尤为重要。

那么，性别自护的底线到底是什么呢？

一、建立隐私及隐私保护的概念

每个人都有不能被人随便碰触的地方，也有不能和人随便谈论的话题，这就是隐私。一般来说，只有你最信任和最亲密的人，才有可能碰触、谈论你的隐私。医生是特例，但也必须得到你的允许才行。在你没有长大、没有成年之前，即使去看医生，也必须要有父母或其他监护人陪同，才能做涉及隐私的必要检查，等等。

如果孩子不同意，即使是父母，也不能随意触碰孩子的隐私之处，不能随意谈论涉及孩子隐私的话题，否则都是对孩子的不尊重，甚至是侵权和妨害。

二、设立身体范围的底线

最简单的思考就是：在公众场合，穿衣最少时所遮蔽的范围，即为身体范围的底线。显然，泳衣是最直观的形象展示，也最容易使孩子了解并记住这一身体范围之底线。

男女生不同，女生分为"上身"和"下身"，男生以"下身"为主。任何人只要是有意识地触摸这些地方，尤其是反复触摸，并且伴随有奇怪的表情和语言，都是绝对不被允许的。一旦发生这些情况，就要马上告诉父母或者父母委托的临时监护人，或者身边你最信任的成年人，寻求保护。

三、设立社交行为的底线

人类的交往方式与各国的文化背景密切相关，在西方国家，拥抱和亲吻是较为常见的熟人之间的问候方式。表达友善且安全的行为方式，通常包括握手、碰触肘部或者上臂外侧，还可以碰触膝盖但避免膝盖以上。这都是安全的社交行为。

但在中国，拥抱和亲吻都属于亲密关系才有的交往行为，在普通关系的社会场合中少见这样的交往行为，即使是熟人之间也非常少见。如果有人以这种行为方式对待你，尤其不是来自亲密的家人，同时还伴有不被允许的触摸、奇怪的表情和语言，一定要迅速挣脱，想办法离开，并且马上告知父母或其他监护人，寻求保护。

除了亲吻、拥抱，还有一些比较模糊的临界行为。比如，目光总是停留或反复游移在不被允许触碰的身体范围之内；不断地触摸头顶或者后背，或者不断握住肩头，不断碰触大腿甚至大腿内侧，等等。如果这时还伴有一些奇怪的表情和语言，通常也是危险的，应立刻有所警觉，并做好随时撤离的准备。同样，需要在第一时间告知父母或者其他监护人。

记住：一切让你不舒服的行为，均可被定义为冒犯，严重的甚至可被定义为侵害、猥亵等。

四、设立社交场所的底线

注意避免参加那些缺少负责任的成年人监管的社交活动，避免去以异性为主、自己容易落单的社交场所，避免去和某个异性单独在一起的封闭空间，更不能去不适合未成年人逗留的娱乐场所。

如果前期防范意识不强，已经进入上述这些社交场所，首先要选择尽快离开，其次可以借"与家人通话"的方式来"警告"可能有不良企图的人。通话时，要告知家里人自己在哪里，预计何时离开，甚至可以要求家里人来接。这个电话最好是当着这些社交同伴的面拨打，这对于那些有不良企图的社交同伴而言，无疑是一个不可忽视的警告，也有助于后续安全顺利地离开。最后要尽可能减少社交空间的封闭性和私密性，如打开门户，不断点餐增加服务员进出的频率，或者直接提出更换地点，等等。

姑娘们，安全感会让你更加自信、勇敢，否则容易陷入自卑。远离危险境地，面对伤害，勇敢说不。自尊自爱、自强不息，这才是身心健康、幸福成长的关键！

祝大家如花绽放！

做文明中职生，从仪容仪表开始

老师们、同学们：

上午好！今天我在国旗下讲话的题目是"做文明中职生，从仪容仪表开始"。

"清水出芙蓉，天然去雕饰"说的是自然之美，这种美不加雕琢、清新怡人，广泛地为人们所欣赏。我校对学生的仪容仪表也提出了"清新、自然、质朴"的总要求。我们欣喜地看到，我校的绝大多数学生着装规范、举止文明，能够严格按照学校的要求去做。

但是，我们也遗憾地发现，在极个别同学的身上，还存在着一些这样或者那样不规范的现象。比如：怪异的发型，染发、烫发，夸张的穿着，诡异的首饰，等等。他们不能理解学校的仪容仪表规范要求，并对此发出了质疑。

同学 A 说："这是个性张扬的时代，学生也应该有自己的风格特点，穿自己的衣服多好，都穿一样的校服，千篇一律，还谈什么勇于创新啊。"其实，同学们，与衣着相比，我们更要展示的是自己的特长、才华，这才是真正的表现自我，发展个性。

同学 B 说："韩国的校服多好看，女生都是穿裙子的，为什么我们的女生校服和男生的几乎一样，没区别。"我说，中国是发展中国家，经济条件相对比较一般，镇江只是苏南的一座还不够富裕的地级市。我校同学的经济状况也不是人人都好。请大家理解现状，接受现实。

同学 C 说："爱美之心，人皆有之。很多老师都烫发、染发，为什么我们就不行呢？不是师生平等吗？怎么不能体现在这方面呢。"师生平等是人格意义上的平等。老师还想和你们一样，回到那些已经逝去的青葱岁月，能行吗？

同学 D 说："老师们经常说不能'以貌取人'，可是为什么仪容仪表不合标准就扣分呢？根据外表就可以评定一个学生的品质好坏了？"同学们，我们努力不以貌取人。可是"女为悦己者容"告诉我们，一个人如果过分注重打扮，他的心思就必然会转移，不在学习上了。

同学们也许还说了很多，可我想说的是，受年龄的影响和知识的限制，一些同学对美有着肤浅的认识和庸俗的理解。仪容仪表是一个人的外交名片，是精神面貌的外在体现，它必须符合人的年龄特征、身份和职业要求及特定场合。只有这样才能使自己得到社会或群体的普遍认可和接受，才可以让自己真正变得更美、更靓。中职学生仪表的基本要求，一方面使在校生具有良好的学生形象，与社会上的一般青年根本地区别开来；另一方面能让学生把主要精力更集中地投入学习中去。我们要端正自己的思想观念，而不是热衷于打扮，追求时髦，搞穿着攀比；要自觉抵制社会上的不良风气，使学校具有较高的文明风尚，为形成良好的校风、学风起积极推进作用。

同学们，做文明中职生，从仪容仪表开始！

谢谢大家！

2014 年 10 月 13 日

感恩老师，尊重自己

敬爱的老师们、亲爱的同学们：

早上好！今天我讲话的题目是"感恩老师，尊重自己"。

当习习的秋风在我们身边吹拂，当累累的硕果在枝头悄悄成熟的时候，我们又迎来了一个极有意义的节日——教师节。虽然昨日已过，但今天借着在国旗下讲话的机会，请允许我代表全校学生向老师们表达最真诚的祝福——亲爱的老师们，你们辛苦了！祝你们天天快乐！

同学们，我们每个人都明白，是亲爱的老师们，把心灵的阳光洒向每一片新绿，用希望的雨露滋润每一朵蓓蕾，给春笋拔节向上的力量，给雏鹰翱翔蓝天的翅膀；是亲爱的老师们，用热情如春风般吹拂每一棵新苗，用挚爱如小溪般滋润每个人的心房，给心灵走向远方的勇气，给意志百炼成钢的坚强；是老师用爱抚慰受伤的心灵，用真情扶起跌倒的希望；是老师用汗水编织美丽的花环，用勤劳奏响美妙的歌声。让我们感谢老师辛勤的教育，感恩于他们谆谆的教诲，让我们大声地说：老师您辛苦了！谢谢您！

感恩老师，并不需要你去做惊天动地的大事，它表现为日常生活中的点点滴滴：课堂上，一道坚定的目光，一个轻轻的点头，证明你在全身心投入，你在专心致志地听讲，这便是感恩；下课后，在走廊里遇到老师，一抹淡淡的微笑，一个轻轻的招手，一声甜甜的"老师好"，这也是感恩；你知错就改，接受老师的批评教育，这同样是感恩；你积极进取，尊重老师的劳动成果，这依然是感恩。

当然，认真上课，积极地举手发言，认真地思考，主动地参与，按时完成每次作业，靠自己的努力换来理想的成绩，取得技能的发展，这便是对老师辛勤工作的最好回报，也是老师最大的欣慰。

还有，我们要以良好的心态，严格遵守学校的各项规章制度，做一个讲文明、懂礼貌、善言行的学生，在知识上、感情上理解老师、体贴老师，这更是对老师谆谆教诲的最大肯定，也是老师最大的满足和快乐。

不要把这些归结为无谓的小事，不要不屑于身边的这些点点滴滴，因为在这点滴小事的背后，包含的正是你对老师的尊重和肯定，更是对自己健康成长的尊重和肯定。

老师们、同学们，让我们携起手来，共同努力，用汗水浇灌知识，用人格塑造灵魂，用希望去点燃心中不灭的梦想，恪守"明礼精技"的校训，做一名健康、阳光、快乐的润中学子！

老师们、同学们，让我们团结一心，共同努力，让心灵充满阳光，让热情随波流淌，让汗水收获丈量，让理想托起心中不落的太阳。

最后，祝全体同学：开心学习！快乐成长！祝全体老师：身体健康！工作顺利！桃李满天下！

谢谢大家！

青年，请承担起一个公民的责任

——在十八岁成人仪式上的讲话

青年朋友们：

五四前夕，我们相聚在这里，举行庄严而隆重的十八岁成人仪式，很有意义。今天坐在这里的同学有的已经十八岁，有的即将步入十八岁，真诚地向你们表示热烈的祝贺，祝贺你们已经成为或即将成为中华人民共和国的成年公民。同时也向为你们的健康成长付出心血和汗水的老师、家长表示衷心的感谢，感谢他们为国家、为社会培育了大批的栋梁之才。

十八岁是人生的转折点，预示着你们将以一名成人的身份，承担起建设祖国、保卫祖国的责任。当今世界，政治多极化和经济全球化趋势的发展，对人类政治、经济、文化生活产生了广泛深刻的影响，为生产力的发展和社会的进步开辟了新的广阔前景，对我们来讲这是新的历史机遇，也是严峻挑战。每一位十八岁青年都应该胸怀祖国，树立远大理想，努力把我国建设成为富强、民主、文明的社会主义现代化国家，实现中华民族伟大复兴。只有在为远大理想奋斗的过程中，青年的人生抱负才能真正实现。人的一生只能享受一次青春，一个人在年轻时就把自己的人生与人民的事业紧密相连，他所创造的就是永恒的青春。一个人在青年时代就应树立远大志向，并且要为实现这个志向而顽强努力，不论遇到什么困难挫折，都不改初衷，矢志不渝。未来属于青年，未来取决于青年，未来更需要青年去创造，十八岁的青年一定要肩负起时代赋予的重任，为实现中华民族伟大复兴做出应有的贡献。

十八岁的青年要勤奋学习，用人类创造的一切优秀文明成果丰富自己。必须认识到，人类同知识的关系从来没有像现在这样密切，知识对经济和社会发展的作用也从来没有像现在这样重要。当代青年要跟上时代前进的步伐，就必须以只争朝夕的紧迫感，勤于学习，敏于求知，不断充实和提高自己。青年的学习应该是全面而广泛的，既要认真学习理论知识、文化知识、科学知识、历史知识，又要善于学习各种新知识，以求知识的常新。青年要善于创新、善于实践，善于把所学的知识运用到改造客观世界和主观世界的活动中去，在实践中求得真知，增长才干。

十八岁的青年要注重修养，努力追求高尚的精神境界。优良品德的养成对人的一生至关重要，十八岁是人生的起步阶段，是品德养成的关键时期，每一位同学都要树立正确的世界观、人生观、价值观，树立正确的名利观，努力培养良好的品德，提高自身素质，完善人格品质，做有益于祖国和人民的人。青年应该成为引领社会风气之先的力量，尤其要在推动先进生产力和先进文化的发展中发挥积极作用。每一位同学都要从自己做起，努力做中华民族传统美德的传承者，做体现时代进步要求的新道德规范的实践者，做新型人际关系和良好社会风尚的倡导者。

十八岁的青年要不断开阔视野、勇于进取创新。当今世界发展很快，变化很大。青年要承担起建设现代化的历史使命，就要把目光投向世界、投向未来，而不能闭目塞听、坐井观天。只有全面了解中国和世界发展的历史、现状和趋势，才能更好地把握现在和未来；只有用人类创造的一切优秀文明成果努力充实自己，才能具备与世界上任何一个民族的优秀青年相媲美的素质。创新是一个民族的灵魂，是一个国家兴旺发达的不竭动力，青年最具有创新的潜能，许多杰出人物都是在风华正茂的青年时代就创造出了一番了不起的业绩。要向着强国建设、民族复兴的宏伟目标奋进，就必须努力创新，每一位成年公民都要立足岗位，锐意创新，敢于超越前人，创造新的业绩。

青年朋友们，希望你们能牢记誓言，履行职责，忠于祖国，忠于宪法，肩负历史的重任，用你们的青春和智慧托起明天的太阳。

2015 年 4 月 24 日

有梦想，要拼搏

老师们、同学们：

时间都到哪儿去了？走在街头，坐在公交车上、饭馆里，随时都可以看到"低头族"埋头与手机"酣战"。如今走在校园里，也能随时随地见到低头玩手机的现象。"低头族"们要不玩"天天跑酷"，要不刷微博、写心情，要不看电视剧。

"世界上最遥远的距离，莫过于我们在一起，你却在玩手机。"这句话可能是对当今"低头族"最形象的写照。

对于这样一群贪玩、爱幻想的年轻人，有人说，年轻人，你不去创业，不去旅游，不去接受新鲜事物，不去给身边的人带去正能量，整天挂着 QQ，逛着淘宝，拿着包月的工资，干着不计流量的工作，千篇一律地重复着昨天的生活，干着八十岁老人都能做的事，等着天上掉馅饼的美事，你要青春有何用？

有比较成功的创业者曾这样说，你生来就不是豪门，没有王子公主的命就别学只有王子公主才能得的病，人家有时间、金钱去仰望天空、去抑郁彷徨，你没有，你必须奋斗，你生来就背负着家庭、生活的重担。别把时间都浪费在埋怨、牢骚上，没有人对不起你；别把自己看得跟故事里的男女主角似的，你能够给自己的优势就是能力。然而，如果你一味地颓废，就连这最后的机会都会丧失，一无是处。

言辞虽然犀利沉重了些，却是实在话。务实、专注、全力以赴才是当下生存的法宝。同学们，爱自己的最好方式就是努力奋斗，让自己优秀起来。

说到这里，如果你不满意现在的生活，你还有更多的借口吗？不妨问自己三个问题：我想要什么？我正在做什么？我该做什么？趁年轻，好好打拼吧，只有这样，你才能回报你的父母。

有梦想，要拼搏。加油！成功不能等。别让爱你的人等太久。将来的某一天，你一定会感激现在拼命的自己。

　　谢谢大家！

2014 年 2 月 21 日

十八岁成人礼致辞

尊敬的各位领导、家长、老师，亲爱的各位同学：

　　大家好！

　　火红的青春点燃梦想，激情的岁月放飞希望。在这充满活力、热情洋溢的季节里，我真诚地向所有参加十八岁成人礼的同学表示最诚挚的祝贺，祝贺你们从此迈入中华人民共和国成年公民的行列！

　　十八岁像金子一样闪光，似玫瑰一样芬芳；十八岁如诗一样浪漫，像画一样绚烂。十八岁是一个跳板、一次飞跃，是一种精神、一份气魄。十八岁绝不仅仅意味着十八根生日蜡烛，它更是一篇宣言，一篇宣告我们真正成人的战斗宣言。从此，我们的人生将掀开新的一页。世界将落在我们年轻的肩膀上，生活的舞台从此要我们独自出演。雁过留声，人过留名，你的青春、你的人生，究竟给自己、给家庭、给这个世界留下了什么？十八岁的我们，要学会清醒、冷静地思考。

　　回首十八年的成长路程，父母用操劳与奔波演绎着他们的无私，用皱纹与白发诠释着他们的奉献。感谢母亲教会我们说第一句话，感谢父亲教会我们走第一步路；感谢母亲的厚爱点燃我们心中的希望，感谢父亲的真情扬起我们远航的风帆。亲爱的父母，经历了多少苦辣辛酸，一把汗水一口饭，一字一句一言行，终于把我们养大成人。十八年里，我们的成长中有家人倾注的太多心血，我们的成长汇集了社会太多的关注。今天，十八岁的我们要懂得感恩，感恩父母，感恩老师，感恩朋友，感恩所有关心和帮助过我们的人。

《中华人民共和国民法通则》第十一条规定：十八周岁以上的公民是成年人。从十八岁这一天起，我们已经是完完整整的中华人民共和国成年公民。我们不仅仅是一个自我，更是中华民族的新一代青年，是希望，是未来，是力量和脊梁。从十八岁这一天起，我们的生命里不应该仅仅有琐碎的生活，更要有梦想——我们的梦想、全家的梦想、中国的梦想。铁肩担道义，正气满乾坤。一个人成功，是因为他有理想并且坚定不移；一个民族成功，是因为她的青年、她的中流砥柱拥有理想，并且为之前赴后继、奋斗终身。十八岁，我们要做有责任心、能够担当并敢于担当的人。

十八岁的我们还要记住：不多久，我们将离开母校。社会纷繁复杂，挫折与困难无处不在。当我们遇到挫折和困难，遇到失败、失意、失恋的时候，要不气馁、不沮丧、不放弃、不埋怨。人生是艰苦而漫长的，绝不是鲜花一片，更不是坦途无限。面对苦难，要有忍受的意志，学会承担和克服人生路上的一切困难与挫折。艰难困苦，玉汝于成。只有经过地狱般的磨炼，才能锻造出创造天堂的力量；只有流过血的手指，才能弹出世间最美的绝唱。

成为一个成年人，这是一种荣耀，更是一种责任。所有人都以深情的目光期待着我们。人生没有回头路，十八岁只有一次，青春只有一次，愿大家不负青春，用激情和梦想展现青春的风采，用智慧与汗水铸就人生的辉煌！

光荣属于你们，未来属于你们！

谢谢大家！

2014 年 6 月 9 日

感恩老师，从远离手机、尊重课堂做起

老师们、同学们：

下面是国旗下讲话时间，我想和大家聊一聊手机，题目是"感恩老师，从远离手机、尊重课堂做起"。

同学们，师生关系的确立应该从课堂开始。而当前师生关系的恶化也是从课堂开始的，矛盾的焦点在于学生在课堂上偷偷使用手机。德国顶尖脑神经学家、哈佛大学教授曼弗雷德·施皮茨尔的力作《数字痴呆化：数字化的社会如何扼杀现代人的脑力》让我们看到，如何阻止学生使用数字化产品已经成为世界难题。

德国是个教育零成本、零门槛的发达国家，手机、网络的普及比中国更早、更快、更广。施皮茨尔教授在认真对比分析后发现：当今德国小学入学新生多动、易暴怒、提笔忘字、做题粗心、记忆力差、词不达意、协调性差、黏人、孤僻等问题，都比移动时代之前的孩子有了明显的增加。

他认为，对智力建设没有帮助的行为包括：看电视、打电玩、玩网游、网络依赖。作为一位著名学者，施皮茨尔教授看得更远，他看到的是数字痴呆化对一个人整个人生的影响。他认为沉溺于这些行为的人在学习阶段会表现出各种学习障碍和自我管理问题。到了中年、晚年，就会导致失业、生病、破产、孤独、抑郁甚至早死。

依照 2018 年 7 月底法国议会刚刚通过的新规，校园内所有区域一律不准使用手机，除非老师在课堂上另有要求，或学校有例外情况。法国教育部部长布朗凯说："我们不是想拒绝科技进步，那也太荒唐了，我们只是想驾驭科技，想让人做机器的主人。一切从宣传教育开始。"

同学们，长时间地玩手机毁坏了你的视力，破坏了你的专注力，占用了你的宝贵时间，损坏了你的人际交往。你应当努力摆脱手机依赖症。为此我倡议：

1. 不带智能手机或老人机上学，不接受任何理由。

"我要查单词。"你可以用电子词典（没有游戏和小说的那种）。

"我要看时间。"你可以戴手表。

"我要跟家里人联系。"老师可以帮到你。

"我要查时政热点、查单词、刷题……"

好吧，你可以带。不过请自觉上交给老师，和老师约定一个时间段查看你要查的所有内容，用完放到老师那儿，要回家了再拿回来。

2. 关闭微信和 QQ 的新消息提醒。

相信我，微信和 QQ 的即时消息大多都是闲聊或者不需要立即回复的。如果别人真的有重要的事情找你，他们一定会打电话或者通过老师联系你。

3. 打开群消息免打扰功能。

很多人都会有各种各样的群，有的群十分活跃，每天消息不断，不时还有"土豪"发红包。

不断查看群消息，抢个几毛几分的红包是会严重影响我们学习的专注度的。所以建议大家：对你所拥有的群进行一次精简整理，退出无意义纯闲聊的群，给幸存的群设置消息免打扰。学习时间可以直接关闭微信或 QQ。

4. 取消朋友圈更新提醒。

很多人打开微信看见朋友圈有更新的小红点，都会抑制不住地点开来查看一番，生怕错过了什么大事，跟不上朋友的节奏。

但当你习惯不看朋友圈之后会发现：其实你错过的都是无关紧要的消息，人与人眼神的交流、面对面地分享日常的喜乐，比在朋友圈的点赞更能增进感情。

5. 降低更新朋友圈的频率。

克制自己发朋友圈、求点赞的心理。

幸福是生活中实实在在的感受，喜怒哀乐都可以直接与身边人分享，并不需要通过刻意地"晒"来刷存在感，也不用依靠别人的认同来获得自我满足。

6. 卸载绝大部分（甚至是全部的）手机游戏及娱乐 App。

再次提醒一下，你们已经是中专生了，即将成人，步入职场。哪个单位会聘用一个沉迷游戏的职场菜鸟？

7. 清理手机里的娱乐电子书。

看时政新闻是一种很好的了解社会、积累作文素材的方式，如果你只是沉迷于各种娱乐性质的虚构小说，那就劝你不要看手机了。

8. 在需要专注的时间打开手机免打扰功能。

在需要专注学习的时间里，建议大家给自己断网，手机也要打开免打扰功能（可将几个重要电话列入白名单）。

9. 早起和睡前不要碰手机。

睡前和早上醒来是我们的手机依赖症最容易病发的时段，所以在这里我想提醒大家：在这两个时段，不要玩手机！不要玩手机！不要玩手机！我们可以培养在睡前看一会书的习惯，建议大家在休息时间好好休息，只有这样才能获得高质量的睡眠。

10. 课堂上绝不玩手机。

2018 年 8 月，教育部在《综合防控儿童青少年近视实施方案》中郑重提出：严禁学生将个人手机、平板电脑带入课堂，带进学校的要进行统一保管。为此我校各班级要积极行动起来，或交给老师，或班委会备好手机收纳袋，课前自觉将手机放进指定位置。

中学同学的友谊弥足珍贵，"摇一摇""扫一扫"培养不出真正的必有我师的三人行，真正的朋友也绝不是靠一起玩"王者荣耀""绝地求生""吃鸡"等游戏培养起来的。友谊是在为了一个伟大的目标和集体一起前进的过程中逐渐形成的。

你在成长过程中应该有更多老师的教诲、朋友的陪伴和书籍的滋养。没事少上网，有空多看书，再有时间就去操场做运动。你的每一次全神贯注、积极进取、文明礼仪、与人友善，每一个细小的进步与成长，都是对老师辛勤工作的最好回报，也是老师最大的欣慰。

老师们、同学们，让我们携起手来，恪守"明礼精技"的校训，用汗水浇灌知识，用人格塑造灵魂，用希望去点燃心中不灭的梦想，远离手机，尊重课堂，做一名健康、阳光、快乐的润中学子。

最后，祝全体同学：开心学习！快乐成长！祝全体老师：身体健康！工作顺利！桃李满天下！

谢谢大家！

扬理想之风帆

老师们、同学们：

上午好！继上周开学典礼上中国梦主题宣传教育活动的启动，今天我想和大家谈谈关于"理想"的话题。

理想是人生的指示灯，失去了这盏灯，就会失去生活的勇气。因此，只有坚持远大的人生理想，才不会在生活的海洋中迷失方向。托尔斯泰将人生的理想分成一辈子的理想，一个阶段的理想，一年的理想，一个月的理想，甚至一天、一小时、一分钟的理想。同学们，当听到这里，你是否想到了自己的理想？

三月，春风过处，草青青，木欣欣，花艳艳，却也短暂易逝。人生的花季是生命的春天，它美丽却短暂。作为一名青年学生就应该在这一时期努力学习，奋发向上，找到一片属于自己的天空。青年是祖国的希望，民族的未来。每个人都主宰着自己的明天。

有一位哲人说过："梦里走了许多路，醒来还是在床上。"他形象地告诉我们一个道理：人不能躺在梦幻式的理想中生活。是的，人不仅要有理想，还要大胆幻想，但更要努力去做，在理想中躺着等待新的开始，结果不仅遥遥无期，甚至连已经拥有的也会失去。同学们，你们是否也正在梦幻的理想中彷徨呢？别总是将梦想留给将来，把行动留给下次，否则最后说好的未来就真成了说说而已。没有更多的未来等着我们，我们拥有的是现在。

前人说得好："有志之人立长志，无志之人常立志。"那些无志之人的"志"其实就是"梦幻"，他们把自己的蓝图勾画得再美好、再完善，也只是空中楼阁、海市蜃楼罢了。同学们，你是立长志之人，还是常立志之人呢？

最后，我想用梁启超的话来结束今天的讲话："少年智则国智，少年富则国富，少年强则国强，少年进步则国进步，少年雄于地球，则国雄于地球。"让我们洒一路汗水，饮一路风尘，嚼一路艰辛，让青春在红旗下继续燃烧。愿每一位青年都怀抱着自己的理想，在人生的航程上扬帆起航，乘风破浪，奋勇前进！

谢谢大家！

2015 年 3 月 6 日

爱国，从自我做起，从现在做起

老师们、同学们：

上午好！我姓张，是分管学生管理工作的副校长，今天的国旗下讲话，我和大家分享的话题是"爱国，从自我做起，从现在做起"。

9 月 3 日，坐在电视机前，面对着阅兵仪式上威严的阵容，整齐、矫健的步伐，沧桑的抗战老兵；听着雄壮的节奏，青春般的口号……我想此时此刻，每个中国人的骄傲自豪之情都会油然而生：牢记历史、珍爱和平、勿忘国耻、圆梦中华。祖国的强盛是每一个中华儿女的心愿，因为我们的命运永远与祖国连在一起。

祖国的强大需要每一个人的努力，中国梦的实现需要我们每个人的付出，那我们校园里的青年学生又应该做什么呢？

爱国，从爱学习爱劳动开始。现在正是学习的黄金时期，同学们应该把学习作为首要任务。学习不是为了应付考试，要活学活用，将所学知识和社会实践相结合，在劳动中掌握技能，在劳动中锻炼品质，在劳动中营造生活的高境界。将来有一天，我们会以一个合格的劳动者的身份，加入祖国建设大军的行列。

爱国，从节水节电节约粮食开始。同学们，爱祖国不是一句空话。对于我们中学生来说，爱祖国不是抽象的，而是具体的，它体现在生活中的点点滴滴。洗手时，水流量适中，及时关掉水龙头；离开教室时，及时关掉风扇和电灯；就餐时，不挑食，吃饱吃好，不浪费粮食。此外，在家里我们还要为父母分担家务；在社会上文明有礼，举止端庄……这些都是爱国的表现。正所谓一屋不扫何以扫天下。

爱国，从正心正身正言正行开始。一个人要有高尚的道德情操和健康的人生追求。青年学生更要着眼于自我净化、自我完善、自我革新、自我提高。中国正在崛起，中国人也要以更好的形象立于世界民族之林。我们每一个人都是中国形象的代表，同学们要把"正"作为一种示范、一种精神、一种榜样，自觉做到正心、正身、正言、正行，用实际行动谱写一曲正气歌。

然而生活中，却常常发现在我们的青年学生中仍有这样或那样的不良习气，为此学校慎重研究并颁布《润州中专学生管理五项禁令》：

第一项，严禁流里流气。

第二项，严禁打架滋事。

第三项，严禁抽烟酗酒。

第四项，严禁敲诈偷窃。

第五项，严禁男女生过密交往。

良好的教育教学秩序是学校质量提升的保障，严格管理才是对学生真正负责。"五项禁令"势在必行。这是对我们行为规范的基本道德要求，可以帮我们约束自己的言行。润州中专的学子必须时刻把禁令记在心中，用它来约束自己的言行，用它来提高自身修养。

空谈误国，实干兴邦。我们每个青年学生都应该志存高远，脚踏实地，勤劳勇敢，珍惜青春，将个人的梦想融入中国梦中，从自身做起，从现在做起，从生活中的点滴做起！

谢谢大家！

2015 年 9 月 14 日

在弘学助学基金发放仪式上的讲话

尊敬的各位家长、老师，亲爱的同学们：

大家上午好！

学习成就梦想，爱心点燃希望。今天，我们润州中专综合部单招班的学子与家长、老师济济一堂，共同见证弘学助学基金的奖金发放。虽然天气阴冷，但爱心洋溢，让人感觉内心温暖。在此，我谨向在百忙之中出席本次仪式的各位家长、老师和同学们表示热烈的欢迎，并致以崇高的敬意！

弘学助学基金会是由上海交通大学 MBA 毕业生吴壁宏先生、邝宏锋先生等于 2012 年发起成立的一家公益助学机构，旨在资助家庭贫困、品学兼优的各类学生顺利完成学业，成为对社会有用的人才。

2014 年，为支持润州中专教育事业的发展，弘学助学基金会向我校首次捐助了人民币 1.2 万元，用于奖励我校优秀学生或资助贫困学生。今年又捐赠了第二笔款项，虽然资金数额不是很大，但足以让我校师生感受到浓浓的关爱。在此，请允许我向基金会的发起人吴先生和邝先生表达深深的谢意，感谢你们对我校学生的关心与厚爱。

在这个世界上，每个人都渴望拥有温暖人心的力量。今天弘学助学基金对我们的这份关心与厚爱，将会激起我们内心向上扬善的力量。或许在不远的将来，我们会看到更多的同学将这份力量化作自强不息、奋发学习的动力，化作克服困难、知难而进的勇气，发愤读书，立志成才，报效祖国，奉献社会，报答父母的养育之恩，感恩社会的关爱之情，不辜负社会各界及父母、老师的殷切期望。

同时我们也真切地希望同学们在今后的学习工作中，实践并弘扬弘学助学基金会的这种自他两利的精神，在力所能及的范围内帮助他人，惠人及己，为个人成长、家庭幸福、社会和谐贡献一份自己的心力。

最后，衷心祝愿各位家长朋友和老师工作顺利、事业辉煌！祝同学们学习进步、金榜题名！

谢谢大家！

借他人之智，做最好的自己

老师们、同学们：

上午好！

欣赏一个人通常始于颜值，敬于才华，合于性格，久于善良，终于人品。

始于颜值

古人也重视颜值，只是古人不以美丑论英雄，而是关注气色神采。三国时，曹操有一次要接见匈奴使者，他觉得自己身材矮小、貌不出众，就让高大帅气的崔季珪冒充自己，曹操本人却提一把刀站在旁边。匈奴使者要回去时，曹操让间谍问使者："你看魏王（曹操）怎么样？"使者回答："大王容貌端庄、举止文雅，但是站在一边提刀的那个人是个英雄。"史书上记载曹操"姿貌短小，而神明英发"，所言不虚。

敬于才华

唐代孟棨《本事诗》记载，李白第一次从家乡到京都长安，住在旅店里。秘书监贺知章去拜访李白，并请他拿出诗作来拜读。李白取出《蜀道难》给贺知章。贺知章还没有读完，就赞叹了好几次，当场称李白为"谪仙人"。李白酷爱饮酒，于是贺知章解下身上所系的金龟，抵押换酒，与李白一同畅饮。贺知章对李白一见倾心，是出于对李白才华的崇敬与欣赏。

合于性格

《易传》："同声相应，同气相求。水流湿，火就燥。"同类事物会相互感应。人也是如此，同类性格的人容易合得来，投脾气。而能与绝大多数人合得来，就需要有修养，温和持重，如同古人所言，"望之俨然，即之也温"。有的人也许貌不惊人，也许才不出众，却有一种性格魅力，让人舒服，让人想要与之亲近。和这样的人在一起，就像听一曲舒缓的音乐，品一杯醇厚的热茶，看一朵花静静地开放，平静中含有淡淡的喜悦。

久于善良

孟子说："君子莫大乎与人为善。"善良不是损害自己，也不是无限信任别人，而是与人为善。心有善念，便会给别人和自己带来欢乐，所以古人说："善为至宝，一生用之不尽；心作良田，百世耗之有余。"李叔同早年做音乐教师，有一次上课，一个学生在下面看闲书，另一个学生则随地吐痰。李叔同当场看到了却不说。下课后，李叔同请那两位同学留下来，用很缓和的声音对他们说，下次上课不要看闲书或者随地吐痰。两个学生刚要申辩，李叔同向他们鞠了一躬，两个学生顿时满脸通红。

终于人品

总的来说，欣赏一个人就是欣赏他的人品。古人认为，"立德、立功、立言"是"三不朽"，首先就是"立德"。同样，做事先做人，关键看人品。人品好的人一定是细心体谅他人、极具同情心的。他的魅力来自内敛、温情、慈悲，由内而外地散发出一种高贵。人品好的人一定是细腻聪明的，做事讲道理，说话有分寸，能把每一句话都说到你心里去，以柔克刚，化解问题于无声之中；有时只是一个眼神与举动，就可以让人感觉到这个世界的暖意。

人生就是这样，和有精气神的人在一起，会越来越美丽、漂亮；和阳光的人在一起，心里就不会晦暗；和快乐的人在一起，嘴角就会常带微笑；和聪明的人在一起，做事就会变机敏；和大方的人在一起，处事就不小气；和睿智的人在一起，遇事就不迷茫。

2017 年，让我们践行校园"五提倡五禁止"，守住人生底线，谨慎结交朋友，借他人之智，修善自己；学最好的别人，做最好的自己！

谢谢大家！

行动有纪律，安全在心中

老师们、同学们：

下午好！

今天是 3 月 15 日——消费者权益日，俗称打假的日子。在这一天开展每月一次的安全演练，事件是假设性事件，演练却是实战式演练。本次演练模拟上课状态下地震突发的情境，全校师生以生命至上、冷静有序为原则，有组织有计划地疏散逃生，态度严肃、紧张有序，用时很少，在正常范围之内。感谢所有师生的认真参与。

老师们、同学们，春季是校园安全事件易发的时期，为保障学生安全，维护学校正常的教学、生活秩序，防范学生安全事故的发生，现将学校关于加强春季学生安全教育和管理工作的有关事项通知如下：

一、严格落实学生请销假制度

严抓学生考勤，加强对缺勤学生的走访、教育和管理，对严重违反自律承诺书、屡教不改的同学，按照有关规定给予处理。学生请假外出离校，必须履行请假手续，经班教组长或组员、系部签字等一系列手续后方可离校。班教老师要做好学生离校事由、目的地及返校时间等信息的登记，并进行安全提醒；未履行请假手续擅自离校的学生，根据情节按有关规定给予相应处理。电话请假的，需有家长证明，请班教老师认真核实，严格把关。

二、严格落实学生宿舍管理制度

严格落实宿舍管理各项规定，严禁学生晚归、不归和使用违规电器，严禁学生私自外宿。确因特殊原因不能在宿舍内住宿的，要严格按照学校规定办理相关手续，家长到校确认签字，报送学工处备案。

三、认真开展卫生安全教育

各班利用"团一角"或黑板报，认真做好春季流行疾病预防知识宣传教育工作，注意饮食安全，谨防病从口入，不要接触野猫野狗，不到有安全隐患的地方就餐或购买食品。学生不得叫外卖，教师和管理人员应对学生叫外卖的行为进行教育和制止，让学生充分认识到外卖食品可能引发的卫生安全问题，确保学生身体健康。教室、宿舍和保洁区注意清扫，教室要开窗通风，尽量不在教室内吃东西，尤其是有异味的食品。

四、认真做好雨季到来的安全教育工作

雨季、大风天气即将到来，路面湿滑，湿度大、能见度低，骑车上下学的同学注意低速行驶，严格遵守交通规则，遇水洼等地不可侥幸涉水而行，要绕行，必要时可改乘公交车出行。另外，切记不可私自下水游泳，特别是池塘、水库、湖泊、河道等地，谨防溺水。

五、加强学生自立自强和自尊自爱教育

青少年学生应该自立自强、自尊自爱。要学会正确交友，不轻信网络，不与社会不良青年接触、交往。树立正确的同学观、异性观，学会正确处理个人情感问题，必要时向老师或家长或警方请求帮助，防止由情感问题引发出各类纠纷。同时，要学会增强自我保护能力，并对自己的行为负责。

六、加强学生外出兼职安全教育和管理

在校学习期间学生不得在外兼职，如有学生课余时间确需进行校外兼职的，教师要分别提醒家长和学生，不得参与有安全隐患的校外兼职，发生矛盾纠纷时应及时拨打110，请求警方协助处理。家长要知道孩子兼职的时间和场所，了解孩子工作的性质，并偶尔探访。

七、加强毕业生安全教育与管理

对于在外实习的学生或即将毕业的学生，班教老师要通过班级QQ群、微信群等途径，帮助毕业生识别非法和虚假就业信息，谨防传销、欺诈等各类就业陷阱，严禁毕业生参加任何非法的招聘活动。教师要与毕业生保持畅通联系。

老师们、同学们，请牢记：行动有纪律，安全在心中！

2018 年 3 月 15 日

让雷锋精神常驻校园

老师们、同学们：

早上好！

今天是3月5日，学雷锋纪念日，也是二十四节气中"春雷响，万物长"的惊蛰之日。

春天是一个春光明媚、生机勃勃的季节，更是一个讲文明、树新风，让雷锋精神吹遍校园角落的季节。

雷锋是中国人民解放军全心全意为人民服务的楷模，也是伟大的共产主义战士。他公而忘私，爱憎分明，对技术精益求精。

雷锋曾经说："人的生命是有限的，可是，为人民服务是无限的，我要把有限的生命，投入到无限的为人民服务之中去。"这就是雷锋精神的实质。

虽然时代已发生很大变化，但雷锋始终活在一代又一代人民的心里，雷锋精神始终在不同时代、不同职业、不同年龄的人们身上演绎着，并且放射出夺目的光辉。

还记得，2018年的大雪让苏皖大部分地区进入冰雪世界。南京大雪、镇江暴雪……接到当地政府请求后，1月4日至5日，东部战区陆军紧急派出1900余名官兵，奔赴南京、镇江扫雪除冰、清理道路，为人民群众排忧解难。这难道不是雷锋为人民服务精神的具体体现吗？

今年2月24日，我校信息系1710班的蒋同学入院被诊断出小脑蚓部髓母细胞瘤，放疗后复发，不得不再次入院化疗……得知这一消息后，学校党支部、学工处、团委发出"精准扶困、爱心捐款"的倡议，全校师生迅速行动，10元、20元、50元、100元、200元……积少成多，聚沙成塔，这点点滴滴都是老师同学们的爱心。谁又能说这不是雷锋乐于助人精神的体现？

在镇江这座大爱之城里，在我们的校园里，这样的"雷锋"随处可见：我校学生热心善良、乐于奉献、敢于担当，涌现出镇江市大爱之星0511网络爱心家园版主"仪人"；捡到钱包，和母亲一起在寒风中苦等失主两个多小时的镇江市最美小姑娘朱昀；镇江市首届"优秀慈善义工"胡盼等优秀人物。"感动江苏·十大青年杰出人物"孙晨晨，他家境并不富裕，毕业后参军，回乡探亲时找到学校领导，要求捐赠自己一个月的津贴用作校园"慈善基金"，这以后他每年都来学校做一定数额的捐赠。还有2011级学生朱同学，来自单亲家庭，其本人患有脑瘫，生活不能自理，家庭经济困难，高三时其残疾母亲又受伤住院，全校师生自发捐赠，不仅从生活中学习上帮助他，还到医院去探望并帮助其照顾母亲。临近毕业时，学校主动联络镇江高专，以爱心接力的形式将朱同学送入大学，圆了他的大学梦。与其说这是一份浓浓的爱意和温暖在校园中弥漫，不如说是雷锋精神的浩然正气充盈着整个润中校园。

雷锋，一个遥远却又如此清晰的形象。学习雷锋，一个美好而又需继续的永恒课题。雷锋身上体现的人性中最耀眼的光芒，依然具有不可磨灭的生命力。雷锋精神不仅仅属于一个时代，也不仅仅属于一个国家，它是我们民族宝贵的精神财富。

我们作为新世纪的接班人，也一定要学习和践行雷锋精神。那么，我们该如何做呢？

学习雷锋，就要像雷锋那样，志存高远，胸怀宽广，牢固树立远大理想。我们共青团员尤其要切实增强责任感和使命感，为全面建成小康社会、实现中国梦，贡献自己的智慧和力量。

学习雷锋，就要像雷锋那样，爱岗敬业，勤勤恳恳，学好本领，练好技能，做一颗永不生锈的螺丝钉，更好地适应改革开放和现代化建设的需要。

学习雷锋，就要像雷锋那样，保持谦虚谨慎、不骄不躁和艰苦奋斗的作风，在日常生活中勤俭朴素、厉行节约，坚决反对贪图享受、铺张浪费的不良风气，用自己的诚实劳动创造美好的生活。

时代需要雷锋精神，人民呼唤雷锋精神。让我们唱响更加雄壮的雷锋之歌，让雷锋精神常驻润中校园，让雷锋之花开遍神州大地。

谢谢大家！

2018 年 3 月 5 日

疫情之下的文明礼仪

各位老师、各位同学：

大家好！金秋九月，秋风送爽，在这个美丽的收获季节，我们又迎来了一个崭新的学年。新的学年孕育着新的希望和憧憬，我们每一位老师和同学经过暑假短暂的休息与调整之后，又满怀信心与斗志地站在新学年的起跑线上，为实现人生目标而全身心投入，努力奋斗。我祝愿并相信我们全体师生都能在新学年的工作与学习中取得更大的进步！在此，我向全体师生提出几点希望和要求：

一、疫情防控，毫不放松。当前新冠疫情防控形势依然严峻。首先，国外疫情仍在快速蔓延，西方国家病例持续增长；其次，国内聚集性疫情时有发生，无症状感染者增多，感染者趋于年轻化；此外，江苏大地人员多、流动多、对外交往多，且当前正值秋季，各种流行病易于传播。因此，我们全校师生都必须保持高度的清醒和警惕，绝对不能有麻痹大意或者松懈的思想，认真执行各项防疫防控措施，非必要不外出，遇到突发状况及时汇报。希望所有师生能够继续全力支持和配合学校疫情防控工作，严格认真地完成教育教学工作和防护任务，切实保障本人及他人身体健康和生命安全。

二、文明礼仪，你我先行。当前镇江市文明城市创建正在进行中，需要同学们从身边做起，从细节做起，文明健康，有你有我。希望同学们秉承我校"明礼精技"的校训，在提升自己专业技能的同时不断提高自己的文明素养，做到以下几点：

第一，践行"文明餐桌"，节约意识入人心。近日，习近平总书记对制止餐饮浪费行为做出了重要指示、号召，眼下越来越多的商家和公众开始注重理性消费，向"舌尖上的浪费"说不。厉行节约、"光盘行动"已变成了一种习惯，正引领着就餐新风尚。校园里的学生就餐情况如何？中国科学院地理科学与资源研究所发布的《中国城市餐饮食物浪费报告》显示，某大型城市中小学生食物浪费量明显高于城市餐饮浪费量的平均水平。各种供餐方式中，盒饭食物浪费最为严重，浪费量高达每餐每人 216 克。这一数字触目惊心，浪费现象令人痛心。新的学期，学校学工处、校团委、各系部等各部门都要进一步加强宣传教育，切实培养节约习惯，构建节约型校园，营造浪费可耻、节约为荣的氛围；要强化监管，采取有效措施，建立长效机制，坚决制止餐饮浪费行为，让节约意识深入人心。

第二，践行"明礼文化"，社交场合新礼仪。"不学礼，无以立。"礼仪不仅仅是一个人文化素养和道德修养的外在表现形式，更是一个民族、一个国家精神面貌和文明程度的重要标志。在突如其来的新冠疫情背景下，人们在社会交往中的礼仪正在不知不觉发生变化：与熟人见面时，由原来的握手、拥抱变成行挥手礼、合十礼、拱手礼；在超市、餐馆等公共场所时，市民有意识地与他人保持安全距离；外出时佩戴口罩，打喷嚏时注意遮掩口鼻……疫情之下，人们的观念在变，交往模式在变，不变的是文明始终相伴。全民战"疫"中催生出的文明举措、自发形成的文明新风值得提倡和推广，疫情期间养成的文明健康礼仪应当延续下去。

第三，践行"文明条例"，爱我镇江我先行。今年 9 月 1 日开始，新的《镇江市文明行为促进条例》开始施行。全市多个部门将连续 6 个月展开专项执法检查，重点检查以下内容：乱丢垃圾、乱倒污水；随意丢弃烟蒂，在禁烟区吸烟；擅自占用公共空间，随意堆放物料，毁绿、种菜，浇筑停车位；乱穿马路、闯红灯、跨越道路护栏；非机动车逆行、闯红灯，在机动车道行驶；机动车随意变道、加塞，向车外抛撒物品，违规鸣笛，夜间行车不按照规定使用灯光；机动车未经许可从事道路旅（乘）客运输经营；在公共场所开展集会、娱乐、展销等活动时，造成环境噪声污染；在公共场所乱涂乱画乱刻，乱贴乱发小广告；从建筑物、构筑物向外抛掷物品；违规养犬；其他不文明行为；等等。希望大家能小手拉大手，广而告之你的家庭成员、亲戚朋友，树文明新风，言行雅正，让文明之花开遍镇江大地。

三、明确目标，主动学习。新的学年，希望每位同学都能明确目标，规划好自己的学习生活。只有目标明确，学习才有真正的动力，才能有更高的效率。今年 11 月，2018 级同学要迎接省学业水平测试；明年 4 月，参加单招的高三同学还要冲刺高考。所以同学们要针对自己的学习阶段，提早规划，珍惜时光，主动学习，学有所成。

同学们，未来需要的人才是全面发展的人才，这就要求我们在不断丰富自己的同时，既要努力提高自己的思想修养，又要培养各方面的能力。我们要多阅读，多关心生活、关注社会，平时自我努力、约束、克制与完善，养成良好的学习、工作、生活习惯，为今后的人生打下良好的基础。

俗话说"不行春风，难得秋雨"。希望同学们能展现出全新的精神风貌，展现出全新的奋斗姿态，不负美好的年华，乘风破浪，去追逐自己的梦想！

谢谢大家！

2020 年 9 月 1 日

从《流浪地球》看中国制造

老师们、同学们：

早上好！春节档，有部电影超级火爆——《流浪地球》。这部电影完全是"中国制造"，电影特效被普遍认为有好莱坞一流水准，开启了中国科幻元年。电影宏大的世界观，阔大的科幻场景，感人的父子情，人类命运紧密相连的同仇敌忾……无不让心灵深受震撼。今天作为一名职校人，我想和大家聊一聊《流浪地球》里所展示的未来。

"如果灾难来临，我们将如何面对？"电影给出的答案：带着地球一起走！原著作者刘慈欣大胆地设想人类制造一万台"地球发动机"，将地球驶离太阳系，寻找新家园。

提请机电系的师生注意：什么样的发动机有如此功效？

"这座发动机的高度是一万一千米，比珠峰还要高两千多米，人们管它们叫'上帝的喷灯'。"这是小说《流浪地球》中对"行星发动机"的一句充满想象力的描述。且不管一万座发动机是否真的能够推动地球，我更好奇的是这些发动机是怎么制造出来的，人类的工业制造水平在未来究竟会发展成什么样。

在电影中出现的运载车，同样非常引人关注。

影片中这些运载车具有极强的低温启动性能，在零下 80 ℃ 的低温下说启动就启动，还有极强的机动性、通过性，加速巨快，自身就能成为一个信息联络节点，而且能做到全球范围统一规格大批量生产。

运载车靠什么驱动？

不知道各位是否注意到了一个细节，即影片中的运载车在中途加注燃料，这说明其仍是内燃机结构。内燃机变速箱等机械结构稳定性强，适合零下 80 ℃ 的环境。刘启第一次驾驶前在嘀咕"离合挡位手脚动，脚重手轻次序清"，看来运载车还是手动挡车型。

巨型轮胎也不可能是传统的机械传动结构，应该是内燃机（燃气轮机）发电+轮边（轮毂）电机驱动车轮。其内燃机带动发电机，电力经过电缆传输到每个车轮附近，车轮由轮边电机或轮毂电机驱动，每个车轮都具备单独驱动和转向能力。不过这种全轮驱动+全轮转向也不是什么遥不可及的新技术，德国工程机械制造商 ETF（欧洲卡车工厂）研制的新型矿车，就配备有全轮驱动+全轮转向的功能。

为什么运载车的方向盘是球形的？

影片前半段的新闻已经给出了答案："汽车方向球技术极大减轻了驾驶重型车辆的身体负担。"

其实，方向球的原理类似于鼠标轨迹球或手柄的集中操纵单元，通过前后左右移动球体来驾驶车辆。球心大致定义了车辆运动中心，摆动方向球的位置相当于给出了驾驶方向意图，从而可以比较轻便地实现在一些恶劣路况下的大幅度转向。所以影片中出现了大型运载车紧急 360 度转向的场景。左右驾驶位各有主副两个方向球，增加了系统的安全冗余。还有，方向球与转向轮之间并非机械链接，运载车的转向系统应该是电传动或线控技术，从而使得操纵更加省力。

信息系的同学是否关注到运载车是如何导航的？由于地球发动机的存在，传统的通信卫星很难在地球上空环绕。如果没有了通信卫星，我们该如何导航定位呢？

一种解释是影片中从矿场到发动机的具体路线是固定的，驾驶员凭借地面指示牌导航就可以完成运输任务。另一种说法则带有更多科学依据，我们可以使用陀螺仪等惯性导航系统，或者在地面建无数个导航基站信号塔。

老师们是否关注到未来的教育是怎样的？未来的社会是怎样的？在影片开头，地下城是这样子的：

窗内师生："盼望着，盼望着，东风来了，春天的脚步近了。"窗外，春花烂漫，鸟语花香。其实他们上的是一节体验课，教室上方有个屏幕写着"黄金时代体验课"。在地下城，还有一个招牌上边写着类似"黄金年代博物馆"的字眼。

吃的呢？韩朵朵在一家店前停下来，说："咦，榴莲味的蚯蚓干。"客串的宁浩是一位厨师。从他背后的那一大堆菜里，我们可以推测，地下城能种菜，却几乎没法养家禽。

货币系统也变了。刘启的家里，就贴了个"信用点兑换信息"。人们靠信用账户获得日常配给，钱已经成为古董。所以姥爷才会说："那个时候没人关心地球，人们只关心一种叫作钱的东西。"

教育活动也变了。小说里写到："学校教育都集中在理工科上，艺术和哲学之类的教育已压缩到最少，人类没有这份闲心了。"

《流浪地球》是一部好片子，呈现了由我们中国人想象并打造的未来。这部电影里，我们可以看到人类的智慧与工业能力。在困难面前，我们没有放弃，我们顽强自救，用智慧和双手制造工具改变命运。很庆幸，我们现在所处的环境，并不会出现电影里那样的灾难，但是未来会怎样，谁也无法预知。地球只不过是宇宙中的一颗小星球，而人类更显得渺小稚嫩，你我更是人类数十亿中的普通一员。

未来，也许我们会制造出更先进的宇宙飞船，去地球之外去看看。

未来，也许我们会制造出更加智能的工具，改变我们的生活。

未来，也许我们会制造出更加强大的设备，改造这个星球。

未来，无法预知，但未来是由现在的我们一点一点所创造的。然而这个"我们"绝不是浑浑噩噩、无所事事、成天抱着手机傻笑的人。

中国工业，加油！中国制造，加油！职业学校的师生们，加油！哪怕只是做未来工业中的一颗螺丝钉，我们也自豪！

大国工匠，从我做起！

女生再教育
——安全疏散演练点评

老师们、同学们：

为了提高全校女生的安全防范意识，增强自救自护的能力，今天利用晚自习时间我们举行了一次地震逃生疏散演练活动。

这次演练，全校有 156 名女住宿生参加了。整个过程紧张有序，忙而不乱，用时 1 分 30 秒。感谢所有师生的认真参与。

端午节、期末考试、暑假即将来临，事情多、天气热，各种安全事故和隐患也随之增加。为有效预防各种安全事故的发生，确保广大同学的人身和财产安全，现就有关女生安全教育的注意事项提醒如下：

1. 树立防盗意识。外出或夜间关好门窗，收拾、保管好个人财物，尤其是手机、钱包等贵重物品务必妥善保管。

2. 注意宿舍安全，宿舍内不得出现明火，不要使用蚊香，以防引燃物品，引起火灾。外出室内无人时，可适当使用杀虫剂。学校提供了共享吹风机，不得私自使用电吹风等大功率电器及其他各种小电器等，保障用电安全，一经发现严肃处理。

3. 夏季气候炎热，各种细菌易于繁殖传染。去年诺如病毒在有些校园内迅速扩散，造成紧急公共卫生事件。所以请注意饮食卫生及个人卫生。购买各种包装食品时要注意保质期。尽量吃煮熟的食品，少吃凉菜、生菜，不吃腐烂变质的食品，不吃剩饭剩菜，生理期不吃生冷食品。不买外卖，不在无证摊位上用餐或购买食品。假期外出用餐应当选择卫生、干净的餐馆，不在流动人口较多并易传染流行性疾病的地方用餐。

4. 严禁私自下湖、下池、下河游泳。2019年刚刚入夏，各地已发生多起溺水事件。请大家务必在设施完备的正规游泳馆游泳，饥饿、疲劳及有不健康征兆出现时不适合游泳，游泳时间不宜过长。遇他人落水时，及时呼救报警，在自身不具备救助能力时，切莫逞强好胜、盲目下水施救。

5. 注意教室、寝室卫生整洁。保持教室、寝室通风良好。养成良好的个人卫生习惯，勤换衣、勤洗澡。昨天值寝巡宿时，发现多个宿舍因为开着空调，门窗紧闭，导致室内气味难闻。

6. 夏季，女生更要注意人身安全。穿戴要端庄得体，在房间里要随时关闭门窗及窗帘。晚自习不要贪图清凉，穿着过少。在教室等公共区域，不得穿拖鞋、背心等。不要以各种方式将男生带入寝室，一经发现，严惩不贷。学校很安全，不需要男生送女生至宿舍。昨晚我发现了送行的两名男生。

7. 晚间一般不得外出，如假期确需外出，要结伴而行，并告知父母外出地点、联系方式，切记要及时返回，不在外留宿。在上网聊天交友时，不要轻易相信他人，不要轻易与网友见面。

8. 毕业或工作以后，参加社交活动或与男性单独交往时，谨慎地把握好自己，尤其应当注意不要饮酒，甚至喝饮料也不要让饮品脱离自己的视线。倡导自尊、自爱，正确把握男女交往的度，理性地处理好出现的问题与矛盾。

9. 注意避免参加那些缺少成年人监管的社交活动，避免去以异性为主、自己容易落单的社交场所，避免去和某位异性单独在一起的封闭空间，更不能去酒吧、舞厅等不适合未成年人逗留的娱乐场所。

如果前期防范意识不强，已经进入上述这些社交场所，首先要选择尽快离开，其次可以借"与家人通话"的方式来"警告"有不良企图的人。通话时，要告知家里人自己在哪里，预计何时离开，甚至可以要求家里人来接。这个电话最好是当着这些社交同伴的面拨打，这对于那些有不良企图的社交同伴而言，无疑是一个不可忽视的警告，也为有助于后续安全顺利地离开。最后要尽可能减少社交空间的封闭性和私密性，如打开门户，不断点餐增加服务员进出的频率，或者直接提出更换地点，等等。

姑娘们，平时生活中多注意安全知识的积累。足够的安全知识能增加安全感，足够的安全感会让你更加自信、勇敢。远离危险境地，自尊自爱、自强不息，才是身心健康、幸福成长的关键！

本次演练到此结束。

2019 年 6 月 5 日

发扬"三牛"精神　奋力开创校园新局面
——在"疫散花开，逐梦犇跑"春季开学典礼上的讲话

老师们、同学们：

大家早上好！牛年伊始，万象更新。寂静了一个寒假的校园，因为新学期的到来又变得生机勃勃，充满朝气。今天，我们召开新学期开学典礼。值此，我代表学校向老师们、同学们致以牛年最美好的祝愿：祝愿老师们工作顺利，牛运亨通！祝愿同学们学业进步，牛气冲天！祝愿

学校蒸蒸日上，"牛"转乾坤！希望全体师生发扬"三牛"精神，奋力开创校园新局。

日前，习近平总书记在全国政协新年茶话会上强调，发扬为民服务孺子牛、创新发展拓荒牛、艰苦奋斗老黄牛的精神。辞旧迎新之际，总书记这番话语重心长、内涵丰富，既是对全党同志提出的要求，也是向全国人民发出的号令。总书记牛年里提出的"三牛"精神，影响着润州中专教育人，激荡起团结奋斗、开创新局的磅礴力量。

老师们、同学们，艰难方显勇毅，磨砺始得玉成。回望极不平凡的2020年，面对错综复杂的国内外形势，以习近平同志为核心的党中央统筹中华民族伟大复兴战略全局和世界百年未有之大变局，团结带领全党全军全国各族人民披荆斩棘、攻坚克难，取得了新冠疫情防控重大战略成果，并实现了经济增长由负转正，完成了新时代脱贫攻坚目标任务、"十三五"时期目标任务，全面建成小康社会取得伟大历史成果，中华民族伟大复兴向前迈出了新的一大步。事实证明，中国人民是伟大的人民、英勇的人民，在党的坚强领导下，一定能够继续创造令人刮目相看的人间奇迹。这一年里，我们润州中专人上下团结，不计得失，抗疫防疫，各司其职，校园更和谐，师生皆发展。

老师们、同学们，征途漫漫，唯有犇跑。在迈向全面建设社会主义现代化国家新征程中，为赢得更大的城市荣光，镇江必须加速跑起来。在教育现代化的过程中，润州教育也要跑起来。面对发展瓶颈，润州中专必须奋力突围，加速跑起来。

教育新征程上，必须大力发扬为民服务孺子牛精神，加强教师队伍建设，强化师德师风和队伍培训。全体教职员工务必以学生为中心，求实务实，善作善为；全体党员教师和干部必须俯下身子，身先士卒，全心全意为学生服务，以学生的发展促进学校的发展，以优异成绩迎接建党100周年。

教育新征程上，必须大力发扬创新发展拓荒牛精神。面对学校发展窘境，我们必须敢闯敢试、破局开路，勇做改革实干家、创新推动者。我们必须主动作为，寻求合作，构建新发展格局，以准确识变之智、科学应变之道、主动求变之能，奋力在变局中开创新局，把握"职业教育大有可为"的历史机遇，实现学校新的跨越。

教育新征程上，必须大力发扬艰苦奋斗老黄牛精神，勇于负重、甘于奉献，踏踏实实干好本职工作，以内涵建设为根本，以质量提升为重点，深化办学模式、培养模式、教学模式和评价模式改革，探索有效促进职业教育发展的建设机制，进一步提升管理水平，提高教育教学品质，一步一个脚印向前进。

老师们、同学们，前进道路上，有阳光也有风雨，有通途也有险阻。只要保持慎终如始、戒骄戒躁的清醒头脑，保持不畏艰险、锐意进取的奋斗韧劲，我们就一定能战胜各种风险挑战，化危机、开新局，在新征程上行稳致远，创造无愧于新时代的辉煌业绩。

2021 年，既是国家"十四五"发展的新阶段，也是润州中专实现梦想的再出发点。平凡铸就伟大，英雄来自人民。我们相信：激发师生的创造伟力，汇聚"九牛爬坡，个个出力"的奋斗合力，润州教育必将乘风破浪，驶向更加美好的未来。

谢谢大家！

2021 年 2 月 22 日

新时代，谁是最可爱的人？

老师们、同学们：

早上好！古人诗云：春日春风春景媚。春山春谷流春水。春草春花开满地。乘春势。百禽弄古争春意。泽又如膏田又美。禁烟时节堪游戏。正好花间连夜醉。无愁系。玉山任倒和衣睡。

春来了，多么可爱的天气。那么，谁是最可爱的人？

亲爱的同学，也许你会说：我三岁的弟弟笑起来最可爱，过年时给我压岁钱的奶奶最可爱，天天给我忙碌三餐、接送我早晚上下学的爸爸妈妈最可爱……

敬爱的老师，也许您会回答：钟南山，84 岁的他，逆行武汉、义无反顾。李兰娟，73 岁的她深入重症病房、挺身一线。还有身患渐冻症却坚定地走在去病房路上的武汉金银潭医院院长张定宇，以及关键时刻冲得上去、危难关头豁得出去的千千万万医务工作人员……英雄汇聚，逆行担当。在去年开始的这一场没有硝烟的新冠疫情防控阻击战中，他们冲锋在前，日夜奋战。他们都是最可爱的人！

"可爱"的"可"是什么意思？助动词，表示值得的意思，同义用法如可贵、可耻、可笑、可怜等。"可爱"即值得喜爱、值得敬爱。谁是最可爱的人？1951 年 4 月 11 日，军旅作家魏巍的一篇《谁是最可爱的人》在《人民日报》发表，里面有这样一段经典文字：

亲爱的朋友们，当你坐上早晨第一列电车驰向工厂的时候，当你扛上犁耙走向田野的时候，当你喝完一杯豆浆、提着书包走向学校的时候，当你坐到办公桌前开始这一天工作的时候，当你往孩子口里塞苹果的时候，当你和爱人一起散步的时候……朋友，你是否意识到你是在幸福之中呢……请你意识到这是一种幸福吧，因为只有你意识到这一点，你才能更深刻了解我们的战士……

这篇通讯只有短短 3 500 余字，但字字千钧，迅速在全国掀起一股热潮，后被收入中学语文教材，影响了一代代人。"最可爱的人"也成为人民子弟兵的专属称号。

新时代，谁是最可爱的人？有这样一种回答掷地有声——祁发宝、陈红军、陈祥榕、肖思远、王焯冉。

他们是谁？去年 6 月，在加勒万河谷，蓄谋已久的印军悍然越线挑衅，团长祁发宝带着几名官兵前往交涉，孰料印军突然发动袭击。祁发宝张开双臂，牢牢钉在祖国大地上，一夫当关，坚持捍卫国土，最终身受重伤。营长陈红军、战士陈祥榕、肖思远、王焯冉不幸壮烈牺牲。但他们赢得了宝贵时间，增援队伍及时赶到，一举将来犯者击溃驱离。

日前，外交部发言人华春莹表示："有关报道出来后，我反复阅读了好几遍，心中非常感动。这些戍边英雄官兵的事迹，给了我们很大震动。"比如陈红军当时还有4个多月就要当爸爸了，肖思远憧憬着未来娶上心爱的姑娘，但是很可惜，他们没有等到这一天，而是把生命和青春永远地留在了高原，为捍卫国家领土主权和维护边境地区和平安宁献出了生命。"我读到18岁的陈祥榕写下的'清澈的爱，只为中国'，非常感动。"

"我们今天的和平来之不易。每一位英雄烈士都值得怀念，值得尊敬。我们将永远铭记他们，祖国不会忘记，人民也不会忘记。"华春莹说。

新闻发布后，有位网友的留言是这样的：黄昏将至，我吃着白米饭，喝着快乐水。想不通为什么这些身强体壮的士兵会死。我在深夜惊醒，突然想起，他们是为我而死。于是"他们是为我而死"上周成了热搜第一。

老师们，同学们！今日国人享有之岁月静好、安宁富足，是无数先辈用青春、鲜血和生命换来的，是许许多多英雄默默负重而行换来的。危机、危险、挑战无时无刻不在，不知道看不见不等于不存在。

苟利国家生死以，岂因祸福避趋之。英雄永垂不朽！你们是我们最可爱的人，永远，永远。

谢谢大家！

2021 年 3 月 1 日

给云南娃一点温暖

各位老师、各位同学：

本周末，我校将迎来一批远道而来的新伙伴。下周一，虚位以待的1804班——云南计算机班将正式成立。

云南省是一个多民族省份，位于中国西南，地质条件复杂。新中国成立以来，云南经济发展缓慢，贫困人口较多，与江苏地区有一定差距。

2016年，中共中央办公厅、国务院办公厅印发《关于进一步加强东西部扶贫协作工作的指导意见》，东西部开展多层次、多形式、宽领域、全方位的扶贫协作，"教育扶贫"则被认为是彻底、稳定扶贫的重要推手。为落实此项"教育扶贫"政策，国家设立了教育扶贫基金，为贫困学生提供必要而稳定的经济保障，学校免费为他们提供了住宿及其他必需的日常生活用品。

从四季如春的云南地区进入季节分明的江苏大地，他们肯定会有生理和心理上的不适应。眼看进入秋冬季节，天气渐冷，我们润州中专的全体师生是否可以提前行动起来，给云南的学子捐钱捐物，让他们一进入润中校园即感受到春天般的温暖？

真诚希望所有师生积极行动起来，慷慨解囊，扶贫济困，让我们共同沐浴在阳光下。

谢谢大家！

请党放心，强国有我！

尊敬的老师、亲爱的同学：

大家上午好！一个充满希望的新学期开始了！

今天我们聚集在这里进行"开学第一课"暨 2021 秋季开学典礼，主题是：新学期，新起点，新征程。

受新冠疫情影响，原计划于暑期进行的高一新生学生军训活动将根据疫情情况择期进行。今天，我首先向新同学和新老师简要介绍一下我校，以及我校过去一学年取得的成绩。

我校始建于 1958 年，为国家级重点职业学校、江苏省四星级中等职业学校、江苏省高水平示范性中等职业学校、江苏省高水平现代化职业学校。学校开设 12 个专业，有省级示范性实训基地 3 个，省级现代化实训基地 1 个，省级现代专业群 1 个，省级示范专业 4 个，省级品牌专业 3 个，省级特色专业 1 个。

在过去的一年里，学校教育教学各方面都取得了长足的进步。在"明礼精技"校训的指引下，学工处、校团委、各系部联合开展"庆祝建党百年　共创平安校园""童声里的中国""党团队手拉手　共上一堂党史课""少年工匠心向党，青春奋进新时代"等丰富多彩的教育活动。学校明礼教育成果进一步彰显：获评省级先进班集体 1 个、市级先进班集体 3 个、省级"三创"优秀学生 1 人、省级优秀学生干部 1 人、市级"三创"优秀学生 7 人、市级优秀学生干部 3 人；张嘉娴同学被评为镇江市优秀中学中职共青团员；校团委在"学党史、强素质、展风采"活动中获得优秀组织奖。教务部门加强教学规范，着力提升教学质量：在历年的江苏省学业水平测试中，高三学生各科平均成绩、优秀率、合格率均位居大市前列；在今年的江苏省对口高考中，本科达线人数 32 人，本科达线率近 40%、专科录取率 100%，其中电子电工专业何跃洋同学摘得大市状元，艺术设计专业翟雨嘉同学以 560 分创学校历史新高，勇夺大市第一。

学校取得的每一点进步、每一份成绩，都与全体师生的顽强拼搏和辛勤付出分不开。我相信，本学期488名新生及5名新教师的加入，必将为校园注入新的活力与生机，一定会促进学校更大的发展，给学校带来新的荣誉。新学期，新起点，新征程，我们必将以新的姿态迎接新的学期，以新的成绩再创新的辉煌。

老师们，同学们，当前新冠疫情防控处于十分关键的阶段，丝毫不能放松警惕。德尔塔变异株具有传播速度快、体内复制快、转阴时间长等特点，对疫情防控提出更大挑战。每个人是自己健康的第一责任人，要继续保持良好卫生习惯，支持配合防控措施，做到以下几点：

一、增强个人防护意识。坚持勤洗手、戴口罩、常通风、少聚集、用公筷、分餐制等良好个人卫生习惯。一旦出现发热、干咳、乏力、鼻塞、流涕、咽痛、嗅觉或味觉减退、结膜炎、肌痛和腹泻等症状，应及时按规范程序就诊，并主动告知14天活动轨迹及接触史。就医途中全程佩戴口罩，避免乘坐公共交通工具。

二、积极接种新冠病毒疫苗。接种疫苗是预防新冠最好的办法，有助于建立群体免疫屏障，减缓并最终阻断疾病流行，保护个人和家人的健康。目前我校师生应接尽接，应接快接，接种率已经超过93%，给校园竖起了一道安全屏障。

三、坚持常态化疫情防控措施。在商场、餐厅、车站、机场等公共场所，应正确佩戴口罩、主动接受验码测温、保持一米距离等。

四、严格执行复课制度。师生员工病愈或隔离期满后，须持医院病愈返校证明或解除隔离证明到学校医务室复核、确认、登记，待校医现场确认后方可复课。

五、保持积极乐观心态。在疫情压力下，可能会出现焦虑、恐慌、愤怒和烦躁等各种不良情绪，这是人面对应激事件的正常心理反应，是机体自我保护的体现。同学们无需否定自己的感受。积极理解和接纳负面情绪的存在，才能更好地进行调节。同时，还要科学看待疫情防控，通过官方渠道了解防疫信息、科学知识及疫情防控措施，积极配合疫情防控工作，做到不信谣、不传谣。要学会一些简单的心理调节方法，如"深呼吸放松法""肌肉放松法"等来维护情绪稳定，也可以通过运动、音乐、倾诉来转移注意力，增加积极体验。

疫情之下，我们平稳开学了。开学后也即将迎来第 37 个教师节。

老师们，希望你们敬业修德、立德树人，争做"四有"好老师的示范标杆，展示新时代润职教师爱党爱国、仁爱奉献的精神风貌。

同学们，站在"两个一百年"奋斗目标历史交汇点上，你们要增强修养，苦干实干，练就过硬本领，增强做中国人的底气，助推国家富强、民族复兴、人民幸福。

一副对联送给你们——

上联：赓续百年初心，担当育人使命，做仁爱奉献"四有"好教师。

下联：弘扬工匠精神，矢志技能强国，当明礼精技中国新青年。

横批：请党放心，强国有我！

最后，真诚地祝全校 688 名同学健康生活，快乐学习，茁壮成长！祝 135 名教职员工健康生活，愉快工作，家庭和美！

谢谢大家！

2021 年 9 月 1 日

在欢庆第 33 个教师节仪式上的讲话

老师们、同学们：

从小到大，我们每个人都经历过一些难忘的宣誓场面，队旗下、团旗下、党旗下、国旗下，举起右手，庄严宣誓。这是一种公开的宣告，是一种郑重的承诺，也是一种外在的教育方式，更是一种内在的心灵的认同和净化。

举行教师宣誓仪式已成为我们学校的一项制度性（传统）活动，虽然面对国旗宣誓对于我们大多数老师来说已经不再新鲜，但是每一次宣誓都能让人激情澎湃，每一句誓言都会让人热血沸腾。"做学生良师益友，铸教师高尚人格。为中华民族伟大复兴，为人类社会文明进步，我愿献出全部力量！"当铮铮誓词字字落地时，我相信我们每位老师的心中都会油然而生一种强烈的荣誉感、自豪感、责任感和使命感。

这种神圣与震撼，凝聚为一句话，铭刻在我们心中，那就是——作为教师，我们对于学生很重要。

胡锦涛同志说："中国的未来发展，中华民族的伟大复兴，归根结底靠人才，人才培养的基础在教育。"而"推动教育事业又好又快发展，培养高素质人才，教师是关键"。是啊，世上很少有像教师这样的职业，与民族的兴衰息息相关，这就决定了我们的工作每时每刻不敢有丝毫懈怠；世上很少有像教师这样的职业，承载着万千家庭的希望和梦想，这就决定了我们的工作虽然充满艰辛，但必须默默奉献；世上很少有像教师这样的职业，需要用良心和智慧去塑造人的心灵，这就决定了作为教师的我们必须不断地完善自我、提升自我。

这几年，老师们常常有这样的感受：社会对教育的要求越来越高，学生的接受能力越来越强，老师要参加的活动越来越多，工作面临的挑战越来越大。但这些并不妨碍我们去追求自身的专业发展与体会教育过程的幸福，反而提醒我们要努力践行"终身学习，勇于创新"的誓言。因为只有教师发展了，学生才能获得真正意义上的发展；只有教师教得快乐和幸福，学生才能学得幸福和快乐。

老师们，苏联教育家苏霍姆林斯基说："做教师最快乐的事莫过于穷尽毕生之力，研究如何做一个最优秀、最受学生欢迎的教师。"我想如果我们能从"热爱学生，为人师表"开始，在取得成绩和荣誉后依然能"团结协作，甘于奉献"，那么我们就完全有可能成为最优秀的教师，就能在我们从事的这项崇高的职业中找到快乐和幸福，使每天都成为我们自己的节日。

同学们，刚才当你们将目光投向面对国旗庄严宣誓的老师们的身上时，不知道你们看到了什么、想到了什么、感悟到什么。

今天参加宣誓的老师中，有从教数十载的老教师，他们爱校如家，兢兢业业，培育了无数优秀学子，帮助了众多年轻后辈；有脚踏实地的中年教师，他们业务精湛，对学生倾注无限爱心，对工作精益求精，是学校教育教学的中坚力量；有富于朝气的青年教师，他们勤勉好学、勇于创新，在三尺讲台上，燃烧着自己无悔的青春。还有许多在管理服务岗位上为我们默默付出、无私奉献的干部职工，是他们扎扎实实、勤勤恳恳的工作为我们营造了美丽优雅的环境与和谐稳定的氛围。

当然，我们得承认，教师其实是普通的，站在这里的老师们所做的一切，说起来是那么平凡，那么琐碎。有时，为了备好一堂课，他们翻阅很多资料，修改很多遍讲稿；有时，为了完成学校交给的紧急任务，他们放弃与家人团聚的日子赶往学校；有老师为了陪你们备战技能大赛、高考，熬红了双眼；有老师因为要给本班开家长会而不得不放弃参加自己孩子家长会的权利；为了让你们有个好的休息环境，很多班主任每天中午都是在教室里与你们共同度过的……

这些事情说出来难以光芒四射，写下来无法流传千古，但只要你们细细品味，就会发现有多少关爱、多少责任、多少期待在其中。只要你们用心感悟，就会明白无论是过去还是现在或是将来，所有的教师都理应享受最真挚的祝福与被崇敬。

在这里，我也要感谢我们的同学，记得有位年轻教师曾经跟我说过："作为一种职业，教育最能吸引我的，莫过于在为孩子们真心付出的同时，也在收获着伴随他们成长的快乐，和那一颗颗最纯洁的感恩之心所带给自己的感动与温暖。"是啊，爱与被爱、感动与感恩，都是双向的、互动的。在我们的校园中，我常常可以感受到这种由爱与被爱的互动所构成的最完整的爱的文化。

我知道有一位老师拥有一个珍贵的礼物箱，那里面装满了多年来学生写给她的贺卡、信件和小纸片；我知道有一位老教师，每一年春节前后都来学校拜年聊天，汇报工作；我知道有一位家境并不富裕的军人校友乐于助人、乐善好施，每年都拿出自己一个月的工资回母校义捐，并被评为江苏十大感动人物；我看过一位老师在讲述学生的一点小小的改变时，眉宇之间自然流淌出来的满足与欣慰……

同学们，今天我想要告诉你们的有很多，但凝聚为一句话，那就是——作为学生，你们对老师很重要！你们的感恩之心是老师最大的动力，你们的努力奋斗是对老师最好的回报！

老师们、同学们，我们的学校从昨天到今天，蒸蒸日上；从今天到明天，任重道远。在学校快速发展的今天，如何让每一位学生实现心中的梦想，如何为学生的生存发展奠基，这是我们学校谋发展的重要任务。我相信依靠广大教师无怨无悔的奉献，依靠每位同学踏踏实实的付出，依靠全体师生同心同德的拼搏，学校的明天一定会更美好！

最后，再次衷心祝愿我们的老师节日快乐，身体健康，工作顺利！

2017 年 9 月 8 日

学会拒绝

老师们、同学们：

跟大家聊一聊最近的几则新闻。

第一则新闻：刚刚过去的 9 月 3 日（上周五）是中国抗日战争胜利纪念日，也是世界反法西斯战争胜利纪念日，是所有中国人应当铭记的日子。当天上午，第八批在韩中国人民志愿军烈士遗骸安葬仪式在沈阳抗美援朝烈士陵园举行，109 名为国战斗牺牲在异国他乡的志愿军英烈 70 多年后在祖国的大地上安息。回首抗战血泪史，面对残暴的侵略者，英勇顽强的中国人民从来不曾低下高昂的头。一寸山河一寸血，为了保卫山河，中华儿女赴汤蹈火、舍生忘死，用血肉身躯拒绝日寇，拒绝美帝，拒绝侵略。

——在国家有难、民族危亡的关键时刻，有一种拒绝，体现了民族大义和气节。

同学们，爱国主义是一种高尚的情操。当前国家已正式摆脱了贫穷，步入了小康，中华民族迎来了从站起来、富起来到强起来的伟大飞跃。在新型的国际交往中，我们毅然决然地拒绝任何不平等，拒绝任何霸凌，拒绝任何形式的傲慢与偏见。一个崭新的中国正在崛起。所有中国人都当内强素质、外塑形象，决不能拖后腿。

第二则新闻：日前，多名艺人因偷税漏税被处罚。为何他们日进斗金，还要偷税漏税，违法犯罪？和部分人一样，在面对名利诱惑的时候，他们希望"多多益善"！可我们也应看到有多少放弃国外优厚待遇而毅然回国投身科研的科学家！电影《钱学森》给了我们太多启示。

——在利益、诱惑面前，有一种拒绝，体现了你的底线、原则，以及深到骨子里的修养。

老师们、同学们，当前国家正在进行"饭圈"乱象整治、劣迹艺人整治。娱乐圈鱼龙混杂，良莠不齐，追星需要理性和理智。难道袁隆平、钟南山、张桂梅，以及在太空出差的聂海胜，他们的业绩、能力、精神及行为不值得我们追吗？此外，无论是名人还是普通人，要知敬畏、存戒惧、守底线，敬畏党、敬畏人民、敬畏法纪。这个法包括《民法典》《道路交通法》，以及《教师法》《未成年人保护法》等。严以修身，才能严于律己。

第三则新闻：暑假里，我们看奥运，数金牌。在 2021 奥运会上，中国收获的每一枚奖牌都藏着一个中华健儿奋力拼搏、为国争光的感人故事。中国队最小选手 14 岁少女全红婵，三跳满分的完美发挥惊艳到了所有人，一战成名。网友们纷纷好奇：她的水花消失术是如何练成的？——就多练呗！教练说，她每天得完成 400 多跳，即使是隔离期间也不忘躺在床上练习跳水动作。她的成绩是通过勤学苦练换来的。采访得知：家境贫寒使她远离了游乐园、动物园，连抓娃娃的游戏都没尝试过，更遑论手机、平板等电子产品了。她远离了游戏，拒绝了荒废，自然也就心无旁骛、专心致志地勤学苦练了。

——在学习、工作中，有一种拒绝，会助推你走向成功。

同学们，年轻人精力充沛、思维活跃、接受能力强，正处在长本事、长才干的大好时期，一定要珍惜光阴，不负韶华，如饥似渴地学习，一刻不停地提高。课余，你是玩手机、打游戏，还是看书、练技能？要想取得学业上的成功，就必须远离荒废，拒绝那些干扰、影响你成功的因素。

老师们、同学们，若干年以后，当你回首往事的时候，是否有一两件令你骄傲的、曾经"拒绝了什么"的往事？

在你的每一个拒绝里都藏着你的底线、原则和价值观。一个人的价值观就是在无数个取舍过程中形成的。最终成就你自己的不仅是你拥有的东西，还有你拒绝的事情。

——所以说，看一个人的质感，不仅要看他拥有了什么，还要看他拒绝了什么。

与大家共勉。谢谢大家！

2021 年 9 月 6 日

踔厉奋发，一起向未来！

老师们、同学们：

牛劲不减扛使命，虎虎生威谱新篇。我们开学了！

过去的一年里，我们亲历了党和国家历史上具有里程碑意义的大事。我们隆重庆祝中国共产党成立 100 周年，开启了全年"学党史 感党恩 跟党走"主题系列活动，历史自觉和文化自信空前增强。我们的学校在经历了些许的波折后，整合资源，外向合作，终又重整旗鼓，开启了新的征程。在学校扬帆起航的征程中，镌刻着可亲可敬、充满温度的生动细节。我们不能忘记朱荣、高巧立、汤中信等一批老教师在讲台上授课或者办公桌前批阅作业的背影；不能忘记蓝婷、徐培、李俊、王琴、张敏、朱凤等一批班主任任劳任怨、找学生谈话的情形；不能忘记尹诺、颜思宇、王红兵、李正权等老师带领学生团队参加各级各类体艺活动的身影……处处都有付出、奉献、收获的画面，每一个平凡的奋斗者都令人肃然起敬。

过去的这个假期里，我们关注"两会"热议话题，关注经济发展，关注"一带一路"，关注中国科技，关注航天技术；我们家人围坐，包饺子、看春晚、过大年；我们见证了中国女足逆风翻盘，勇夺亚洲杯冠军；我们共同感受着北京冬奥会一项又一项的精彩与绚烂。

年味仍在，春潮澎湃。在这里我送大家三条祝福，希望大家连年有"于"。

第一条，希望大家勤于运动。2月4日，立春时节，千年古都北京再迎八方来客。中国通过筹办北京冬奥会，成功带动3亿人参与冰雪运动。开幕式上，一群中国小孩子滑雪、打冰球的视频画面，尤其是"还不会走路就会滑雪"的一岁萌娃与狗狗滑雪的场景，深深地感染了中外人士。好体魄，好生活。天天健身，天天快乐。你有任何校园运动方面的建议和需求，包括技术指导、组织赛事、器材设备等，都可以找体育组王老师，可以找系部纪主任、薛主任、朱主任，可以找学工处陈主任，可以找团委老师，可以找班主任，他们都能帮助到你。大家要一起坚持运动，因为健康是一切的根本。

第二条，希望大家敢于拼搏。习近平总书记如此勉励冬奥健儿：很多人十年磨一剑、五年磨一剑。人生能有几次搏，拼搏是值得的，不经梅花寒彻骨，怎得梅花扑鼻香？是啊！盼望成功，期待奇迹，必须要厚积薄发，尽力拼搏。拼搏是一种意志，是一种品质，主要靠个人修养得来。但是如果你在拼搏进取过程中有任何困惑、问题，都可以走进校园心语小屋，找专职心理老师寻求帮助。她们拥有热心、耐心、爱心，且都接受过专业培训。当你学会拼搏，并有一种良好的心态时，你离成功也就不远了。

第三条，希望大家善于学习。在今年刚刚结束的上海"两会"上就提出了一个新名词"元宇宙"。什么是"元宇宙"？你刷小视频时，也许会惊奇地发现：邓丽君复活了。在跨年演唱会上，她竟然和周深共同演唱了生前从未唱过的歌曲《大鱼》。她的表情和歌声如此生动自然。张艺谋是本届北京冬奥会开幕式的总导演。因为新冠疫情，本届开幕式没有大规模的演出，但是他却用 AR 科技让舞台人少而不空，空灵而浪漫。这样的技术在近年的春晚舞台上你也能惊奇地看到。如今人民币数字化、AR 等技术已经为元宇宙做好基础铺设，中国的元宇宙时代即将开始。这个新兴"城市"里，有着自己的产业和秩序，在这里可以扎根、创造、赚钱、社交。亲爱的同学，如果你想与时俱进，恰巧也对 AR、VR 技术感兴趣，学校有专门的技术人员和设备，你可以找信息系薛主任，她能帮助到你。唯有终身学习，你才能不被这个时代抛弃。

2022 年，党的二十大举世瞩目、万众期待，将为党和国家事业擘画更加宏伟的蓝图，学习、贯彻党的二十大精神将是我们今年的工作主线。我们又该做些什么呢？

同学们，青年兴则国家兴，青年强则国家强。我们要牢记青春使命，明礼精技，立志"技能成才，强国有我"。

老师们，有高质量的教师才会有高质量的教育，我们要自我修炼，做学生为学、为事、为人的示范，努力成为新时代的"大先生"，把教育融入党和人民的事业，办好人民满意的教育。

老师们、同学们！新的一年里，我们要牛劲不减、再添虎气，以生龙活虎的干劲、气吞万里如虎的精神，共扛新使命、共谱新篇章，踔厉奋发，一起向未来！

祝伟大祖国欣欣向荣！

祝润州中专蒸蒸日上！

祝全体师生虎虎生威！

一元复始，端月十五。明天就是元宵节，提前祝大家元宵节快乐！

2022 年 2 月 14 日

与奥运冠军比，我们还缺什么

老师们、同学们：

早上好！

昨天北京第二十四届冬奥会结束。中国体育代表团表现出色，勇夺9枚金牌、4枚银牌、2枚铜牌，取得了我国参加冬奥会的历史最好成绩，为祖国和人民赢得了荣誉。其间，我们目睹了"00后"运动员的青春风采："雪场凌空"的谷爱凌，"一鸣惊人"的苏翊鸣，"龙腾虎跃"的李文龙……中国体育代表团的这些"00后"运动员，他们以青春的热情与冬奥赛场的冰雪相逢，碰撞出梦想的火花，青春力量成为冰雪之上的一抹亮色，让人们不禁感叹：这些年轻人真棒！

赞叹之余，我们不禁躬身反思：和这些年轻的奥运小将相比，我们还缺什么呢？

有人说，我缺一个谷爱凌的妈妈。谷爱凌的妈妈谷燕在北京长大，就读于北京大学。毕业后，谷燕赴美留学，先后在奥本大学攻读生物化学和分子生物学，在洛克菲勒大学攻读分子遗传学，还在斯坦福大学商学院读了MBA，毕业后在华尔街工作，并且曾是滑雪教练。她妈妈好牛！

有人说，我缺天赋。天赋并不是人人有。但如果一个人任其自生自灭，再有天赋也不会被发现，更不能取得成功。王安石在《伤仲永》里讲过这样一个故事：5岁的方仲永通达聪慧，题字作诗，文采斐然，远超常人，被誉为神童，后因父亲不让他学习、被当作生钱的工具，最终沦为普通人。有多少像这样的天才被埋没了，无人知晓。可见，追求成功，天赋固然必不可少，但并不是唯一的决定因素。

有人说，我缺钱。冰雪运动极其昂贵，教练的费用、训练的费用，以及飞往全球各地参赛旅行的费用……我承受不起。但你若天赋极高，且勤奋刻苦，社会主义国家会充分发挥制度的优越性，国家和政府会加强投入，帮助你，并期待你"为国争光"，譬如去年夏天跳水夺冠、年仅 14 岁的全红婵。

的确，成为一个奥运冠军需要资源，需要机遇，需要天赋。离开了天赋、家庭、经济、环境等因素，抽象地谈"冠军"是不现实的。

但是，作为千千万万个资质平平的普通人，我们完全可以降低自己的期望值，给自己定一个阶段性的小目标。实现它，你又何尝不是自己人生中的"冠军"。譬如，语文月考成绩前进八名，期末总成绩进入班级前十，高考达到本科线，技能大赛获奖，等等。这样，今天的你就超越了昨天的你，明天的你又必将超越今天的你。

可现实中，你们是怎么做的呢？刚刚过去的这个寒假你是怎样度过的？综合部的同学，你们是一群目标定位 3 年后高考要金榜题名的有志青年。请问：你假期的网课都按时上线打卡了吗？你的作业都交了吗？作业质量如何？你们的时间都去哪里了？追剧、刷段子、看小说、玩游戏、网购……你们太忙，把时间都交给手机或者电脑了，以至于你们没有时间学习，没有时间做作业，没有时间运动，没有时间做家务，没有时间参与劳动。

归根结底，你们缺的是一颗自律的心。谷燕谈到女儿谷爱凌的成功时，说：天才有可能是一部分，但是大多数是努力、时间的平衡，还有自律的生活方式。

同学们，十六七岁正值青春奋斗时。青春如初春之萌动，如朝日之喷薄，如百卉之含苞。习近平总书记指出："我们每个人的梦想、体育强国梦都与中国梦紧密相连。"新时代的中国，为每一个青春追梦人搭建了展现自我的广阔舞台，让他们更有信心、底气和能力去突破自我、创造历史。广大青年团结向上、拼搏向前，新时代必将因青春光彩绽放而更加瑰丽动人。你要记住，你不努力，没人替你成长。

新的一学期开始了，不要假装很努力，结果不会陪你演戏。你要给自己定一个目标，学会管理时间，管理自己。而勤奋自律就是你的核心竞争力。

不负青春，不负时代。这才是青春最美的样子。

谢谢大家！

2022 年 2 月 21 日